One

Heather Killough-Walden

L'angelo eterno

romanzo

Traduzione dall'inglese
di Marina Scarsella

Nord

Della stessa autrice abbiamo pubblicato:

La serie *Gli angeli caduti*:

La notte degli Angeli caduti
Il messaggero dell'angelo
L'angelo della morte
La forza dell'angelo

Prima edizione: luglio 2015
Titolo originale: *Always, Angel*

via delle Fornaci, 66 – 00165 Roma
tel. 06.39366384
Originally published by New American Library,
a division of Penguin Group (USA) Inc.

Stampato in Italia – Printed in Italy

Progetto grafico: Grafica Effe

Heather Killough-Walden

L'angelo eterno

Prologo

In un tempo assai lontano, il Vecchio chiamò a raccolta i suoi quattro arcangeli prediletti: Michele, Gabriele, Uriel e Azrael, e indicò loro quattro stelle del firmamento che brillavano più delle altre. Disse agli arcangeli che desiderava ricompensarli della loro lealtà e che in dono avrebbero ricevuto delle anime gemelle. Fu così che il Vecchio creò quattro femmine perfette che chiamò le cherubine.

Tuttavia, prima che gli arcangeli potessero rivendicare le loro compagne, le quattro cherubine furono allontanate dal regno e disperse dal vento. Gli arcangeli decisero quindi di abbandonare il proprio mondo per scendere sulla Terra e ritrovarle.

Per migliaia di anni gli arcangeli le hanno cercate, ma non sono stati gli unici a raggiungere il regno dei mortali per dare la caccia alle cherubine. Qualcuno li aveva seguiti...

1

Avvertì un dolore acuto quando la bambina finì a terra. Angel sentì l'impatto come se fosse stata lei stessa a cadere. Era sempre così: se si sforzava, se si concentrava a fondo, a volte riusciva a estraniarsi dal tormento, a restare indifferente alla sofferenza altrui. Ma non sempre. Specialmente quando si trattava di bambini.

Ciò che rendeva insopportabile il loro dolore aveva a che vedere con l'innocenza, con il fatto che i bambini non si aspettavano la sofferenza e non potevano comprenderla. Ma Angel digrignò forte i denti bianchi e perfetti, deglutì e costrinse quella sensazione in un angolo buio della sua coscienza. Non fu facile come si aspettava. Era distratta.

La bambina caduta rotolò nell'erba, finché il suo corpicino non si fermò inerte. Nel frattempo un'altra bimba scese con grazia dall'altalena su cui era seduta. Era bellissima: la pelle bianca come porcellana, i tratti del volto perfetti e delicati, i capelli di un nero corvino cangiante, quasi blu alla luce del sole. Angel la guardò correre verso la prima bambina, inginocchiarsi accanto a lei e, in silenzio, metterle una manina sul petto. Un istante dopo, un'abbacinante luce bianca incominciò a irradiarsi dai suoi palmi.

Era quello il motivo per cui Angel si trovava lì. Ma non era sola. Qualcun altro stava osservando le bambine. Avvertiva altre due entità... due uomini.

La presenza dell'Adariano la sorprese. La sua razza se n'era stata più o meno tranquilla per secoli, dopo essersi arresa nella battaglia contro le altre creature soprannaturali sulla Terra. Quegli imponenti e forti arcangeli si erano rinchiusi in loro stessi e, perlopiù, erano scomparsi, lasciando mortali e immortali ai loro destini.

Questo Adariano in particolare era il più importante di tutti. Non era soltanto un soldato esperto e valente, da tempo dimenticato dalle potenze che lo avevano creato. Era il capo degli Adariani, il loro generale. Abraxos.

Osservava la bambina immerso nell'ombra tra due palazzi dall'altro lato della strada che costeggiava il cortile della scuola. Nulla sfuggiva allo sguardo affilato dei suoi occhi azzurri. Angel sapeva che Abraxos era a conoscenza dell'identità della bimba dai capelli neri.

Il suo nome era Eleanore Granger. Era una cherubina, la prima delle quattro. Ed era ancora una bambina.

Tuttavia, nonostante la tenera età, la sua potenza era tanto stupefacente quanto inestimabile il suo valore. E ne diede prova nel momento in cui la luce irradiata dai suoi palmi si diffuse fino a inghiottire il corpo immobile dell'amichetta ferita. Qualche istante dopo, la luce tornò a dissolversi e la piccola Eleanore indietreggiò tremando, evidentemente esausta. I capelli le incorniciavano il grazioso visino, muovendosi in ciuffi al minimo respiro.

Accanto a lei, l'altra bambina, ancora distesa a terra, iniziò ad agitarsi. Dopo aver aperto gli occhi ed essersi guardata intorno, si alzò a sedere. Tra le due ci fu un silenzioso sguardo d'intesa. Eleanore Granger le strinse la mano. La bambina, che era stata sul punto di morire, si tastò le guance e sorrise. La sua risata si propagò attraverso la terra e l'erba e raggiunse Angel, in piedi sotto a un salice vicino al parcheggio.

Dal luogo dal quale aveva osservato nell'ombra, il generale degli Adariani sorrideva a sua volta. Angel lo guardò voltarsi e scivolare nell'oscurità alle sue spalle, sottraendosi alla vista.

Lo lasciò andare. Era fuori di dubbio che Abraxos non aveva alcuna intenzione di braccare la cherubina. Essendo ancora una bambina, Eleanore non era neanche lontanamente potente rispetto a come sarebbe diventata una volta che i suoi poteri avessero avuto la possibilità di svilupparsi; quindi probabilmente il generale sarebbe tornato in seguito, anni dopo, per fare la sua mossa. La cherubina possedeva qualcosa che l'Adariano bramava ardentemente e che lei aveva appena messo in mostra guarendo la sua piccola amica. Da molto tempo Abraxos desiderava acquisire il potere di guarire. Angel sapeva anche che il generale degli Adariani era talmente forte, potente e pieno di risorse da avere ottime possibilità di successo in qualunque piano avesse escogitato da quel momento fino al giorno in cui fosse tornato. In ogni caso, Angel non aveva intenzione di fermarlo.

Né avrebbe potuto farlo, per moltissime ragioni. Inoltre, in quel momento, aveva ben altre cose a cui pensare.

L'Adariano non era stato l'unico a osservare Eleanore e la sua amichetta. Angel avvertiva la presenza di una seconda entità, simile a una spessa melma informe che aleggiava nell'aria. Si domandò se anche l'Adariano l'avesse notata. Probabilmente no, era troppo preso da Eleanore, attratto da lei come una falena dalla fiamma.

L'Icariano era passato completamente inosservato ad Abraxos. Ma non a Angel.

«Esci fuori, esci, dovunque tu sia» sussurrò lei nella brezza, scrutando il cielo e le cime degli alberi in cerca di un qualche indizio fisico della presenza dell'essere soprannaturale. Gli Icariani avevano la fama di starsene in agguato, furtivi e silenziosi, dovunque si praticasse magia. Più originale era la magia e più giovane chi la praticava, più affamato e insaziabile diventava l'Icariano. Conosciuti anche col dispregiativo di 'sanguisughe', gli Icariani si nutrivano di magia, assorbendo l'essenza di un essere magico fino alla morte, della vittima o dell'Icariano stesso: spesso la sanguisuga non riusciva a smettere di nutrirsi, presa dalla foga del piacere orgasmico procurato dalla magia, e alla fine esplodeva.

Non era mai uno spettacolo gradevole. Per fortuna, erano creature relativamente incorporee, che esistevano ai confini della dimensione umana, e il sudiciume che lasciavano dopo aver fatto il botto passava inosservato a tutti, tranne a coloro che avevano poteri soprannaturali.

Angel si concentrò, aguzzando tutti i sensi fino a ridurre il mondo circostante a una serie di contrasti netti tra cosa era magico e cosa non lo era. Eccolo, pensò, fissando il punto in cui si trovava la creatura, accovacciata sul ramo più basso di un albero. L'Icariano non guardava più in direzione di Angel. Doveva aver pensato che lei non fosse alla sua portata. La bambina invece... era talmente tenera, piccola e vulnerabile... e deliziosa.

«Povera, piccola, stupida sanguisuga» mormorò Angel in tono di scherno, trafiggendo con lo sguardo l'essere ormai non più invisibile. Lui alzò di scatto la testa e la guardò, lanciandole un'occhiata felina, strana e vagamente sorpresa. «Stavolta hai fatto il passo più lungo della gamba» gli disse Angel, scuotendo impercettibilmente la testa.

L'Icariano mostrò i denti, fauci di un bianco brillante come neon, mortali e affilate come rasoi. Potevano estrarre la magia da un corpo e ridurla in frantumi per poi ingoiarla. Quella dentatura portava ancora le tracce del 'sangue' dell'ultimo essere divorato. La magia risplendeva sempre. Angel concluse che era appena meno disgustoso che vedere una bocca piena di brandelli di interiora. Ma era comunque inquietante.

«Sei proprio un ingordo, vero?» chiese lei, lasciando il rifugio che le aveva offerto il salice e procedendo lentamente verso l'albero dove si era arrampicata la bestia. Eleanore Granger e la sua amichetta non la notarono. Quasi nessuno notava Angel se lei non lo voleva. «Fai attenzione, sanguisuga» l'avvertì sottovoce. «O le tue interiora decoreranno il marciapiede prima del tramonto.»

«Stanneee fuoooriii» intimò l'Icariano, afferrando il

ramo sotto di lui con artigli affilati come rasoi. La sua pelle, nera come il carbone, si tendeva sui muscoli e sulle ossa, scivolando come se fosse fatta di catrame liquido o petrolio. Angel fu investita da un'ondata di fetore che quasi le impedì di camminare. Era un tanfo di morte, ma di un tipo particolare: era l'odore di centinaia di spiriti magici divorati, masticati e digeriti come cibo qualunque.

Era un avvertimento. E Angel lo ignorò platealmente.

L'Icariano capì tutto nel momento stesso in cui Angel fu pronta ad attaccare. Poiché era dotata di magia, la bestia avvertì l'ondata di energia montare dentro Angel un attimo prima che lei gliela scatenasse contro. Quindi si lanciò in direzione della piccola cherubina, balzando dal ramo basso dell'albero come un enorme, glabro gatto nero. Ma non fu abbastanza rapido.

Angel combatteva contro quelle creature da moltissimo tempo.

Le ci volle solo qualche istante per eliminarlo. Quando ebbe finito, ripulì il lerciume utilizzando l'enorme potere che possedeva. Quindi se ne stette immobile sul marciapiede a osservare i genitori di Eleanore Granger che arrivavano sulla scena. Abbracciarono la figlia e si diressero con lei verso la macchina. Ci erano già passati; erano a conoscenza delle eccezionali capacità della figlia. Angel avvertiva la loro preoccupazione, la loro paura, e il loro bisogno di aiuto. Ma loro sapevano cosa fare.

Per il momento, la piccola cherubina era salva.

Per il momento.

2

Era stata una lunga giornata. L'incontro con l'Icariano era stato estenuante, e poi Angel aveva dovuto teletrasportarsi a Chicago. Malgrado fosse dotata di innumerevoli abilità paranormali, Angel si stancava molto in seguito a eventi come quelli accaduti nelle ore precedenti. Era faticoso cercare di salvare il mondo da sé stesso.

La prima cosa che fece quando quella notte entrò esausta in casa fu chiudersi la porta alle spalle, bloccarla con il chiavistello e poi prendere il telecomando dal tavolino per accendere la tv. L'enorme schermo piatto dal lato opposto del salone prese vita tutto d'un colpo, riempiendo l'appartamento di rumori e luci e scacciando brutalmente via le ombre silenziose.

La tv in realtà la infastidiva, ma in quel momento era ciò di cui aveva bisogno. E soprattutto era l'unica cosa che poteva avvicinarla all'uomo che amava.

Angel sapeva che l'avrebbe visto, era lì, proprio in

quel momento. Recentemente aveva concluso delle importanti trattative con persone molto influenti. Di conseguenza, stava muovendo i primi passi per diventare il più importante magnate dei mass media del mondo.

Angel attraversò la stanza tenendo gli occhi incollati alle immagini che scorrevano sullo schermo: un gran numero di giornalisti e troupe televisive che si accalcavano intorno a una limousine. Lanciò il telecomando sul divano e se ne stette immobile al centro del salone, per riprendere fiato solo quando l'uomo uscito dalla limousine si eresse in tutta la sua impressionante altezza e scrutò i volti delle persone intorno a sé, con conturbanti e severi occhi grigi.

Ultimamente lo aveva visto sempre vestito in quel modo, in un impeccabile completo grigio antracite tagliato su misura. La sua figura alta e forte svettava su coloro che lo circondavano, la capigliatura biondo cenere in stridente contrasto con le tonalità scure del suo abbigliamento. Era così bello da far male. Lo era sempre stato.

Ma ora, avvolto dagli elegantissimi abiti che poteva permettersi grazie alla sua immensa ricchezza e messo in risalto dalla luce dei lampioni lungo il marciapiede, emanava un ardente carisma. Angel faceva fatica a guardarlo. Si sentiva un peso nel petto, la bocca asciutta e una stretta alla gola.

Lui aveva la mascella forte, il naso greco, il mento leggermente ombreggiato da un velo di barba incolta. Il lampo nei suoi occhi percorreva tagliente la folla, di certo memorizzando ogni dettaglio. Angel ne era sicura: non aveva mai visto uno sguardo altrettanto perspicace.

I giornalisti accostavano i microfoni al suo bellissimo volto, ma non troppo vicino. Gli facevano una domanda dopo l'altra, ma in modo non troppo invadente. Il mondo voleva sapere, era avido di ogni minima informazione riguardante Samuel Lambent: quell'uomo magnifico, esageratamente stupefacente.

«Sam» sussurrò Angel senza neanche rendersene conto. Come se l'avesse sentita chiaramente dall'altra parte della città e noncurante delle troupe televisive, Samuel Lambent s'immobilizzò indirizzando lo sguardo affilato alla telecamera che in quel momento trasmetteva l'immagine davanti agli occhi di Angel. Per qualche istante pieno di tensione sembrò che Samuel stesse guardando proprio lei.

Attraverso di lei.

Angel trattenne il respiro. Era insensato e ridicolo, ma fu istintivo. Il suo cuore perse un battito. Poi un altro. E infine Lambent tornò a guardare in un'altra direzione, la sua attenzione catturata da una delle innumerevoli domande che i giornalisti gli rivolgevano.

Angel rilasciò il respiro che aveva trattenuto e si portò le mani al volto. Si sentiva febbricitante. Era troppo facile vederlo in quei giorni. Era fin troppo facile torturarsi. Era già abbastanza spiacevole aver deciso di vivere lì, in quella città, a pochissimi chilometri da lui. Se non stava attenta, un giorno o l'altro avrebbe spinto le cose troppo oltre, e si sarebbe tradita.

Non sarebbe stato un bene. Qualunque cosa accadesse, qualunque cosa facesse, era essenziale non permettere a Sam di sapere di lei le cose che lei sapeva di lui. Le era concesso guardare e fantasticare, ma non doveva commettere errori né rivelarsi. Se lo avesse fatto... sarebbe finito tutto.

L'Apice avrebbe avuto inizio.

Angel lasciò cadere la mano con un doloroso senso di frustrazione e lanciò un'ultima occhiata allo schermo prima di fiondarsi verso il telecomando e costringersi a spegnere la televisione. Lo schermo si oscurò, la stanza piombò nel silenzio. Lei rimase dov'era, sdraiata sul divano, lo sguardo vuoto a fissare il soffitto.

Non vedeva le macchioline di pittura che punteggiavano i pannelli sopra di lei. Vedeva invece una serie di occhi tormentati che perforavano le distanze e l'ancoravano forte al loro volere. Fulmini balenavano in quella tumultuosa profondità, un presagio di pericolo. Un avvertimento.

Nella sua lunghissima vita non aveva mai avuto tanta voglia di gettare tutta la prudenza al vento.

Con un gemito di impotenza, Angel chiuse gli occhi e si portò la mano alla pancia tesa. Si sentiva vuota dentro, incompleta. Da tanto tempo.

Il sonno avrebbe tardato parecchio a venire.

Angel sospirò profondamente e si mise a sedere. Una lunga doccia calda e una tazza di cioccolata avrebbero aiutato. La Terra poteva essere un posto molto ostile dove stare, e i mortali costretti a viverci avevano imparato a loro spese cosa poteva alleviare le loro sofferenze e cosa no. La cioccolata calda e una doccia ancora più calda erano più preziose dell'oro per un corpo e una mente esausti.

Angel aveva bisogno di ricaricarsi. Aveva la sensazione che quando il sonno fosse finalmente arrivato sarebbe stato infestato dai sogni di un uomo di nome Sam... e di tutte quelle cose, al tempo stesso deliziose e pericolose, che lui le avrebbe fatto se mai l'avesse trovata.

Vent'anni dopo...

Non era riuscito a vedere il suo volto. Non ci riusciva mai.

Questi sogni che faceva adesso, dopo centinaia di anni di tenebra e silenzio, erano allo stesso tempo la tortura e il piacere smisurato delle sue ore notturne. Chiunque fosse, quella donna lo tormentava. Sentire la sua presenza lo eccitava, lo provocava e alimentava in lui il desiderio di quella carne talmente arrendevole e perfetta da sfidare la realtà. I suoi capelli setosi gli accarezzavano il petto come piume. Era calda, vera e dolce. Era forza e passione insieme, e abbandono.

Aveva il profumo delle prime gocce di pioggia, pulite e rassicuranti. Aveva il suono di tenui sospiri e gemiti delicati. A ogni tocco ansimava e il cuore le batteva fortissimo, e Sam si sentiva in paradiso. E all'inferno.

Anche quella mattina si svegliò tra le lenzuola umide, con il respiro affannato e stringendo tra i pugni qualcosa che non c'era più. Ancora una volta, lei gli era scivolata tra le dita.

Sparita. Come il vento. E lui avrebbe voluto sfogare tutta la sua rabbia, la sua disperazione, e precipitarsi indietro nel sogno. Sarebbe voluto entrare in un coma profondo, se solo questo gli avesse restituito la speranza di averla nel suo letto ancora una volta.

Chiunque fosse.

Qualcuno bussò all'enorme porta a due battenti della sua camera da letto e Samael si portò le mani al viso. Si sentiva accaldato, come se avesse la febbre. Ma era impossibile. Chiuse gli occhi e percepì un lieve accenno di pioggia. Li riaprì e un tuono rombò in lontananza. Con grande frustrazione, Sam scostò le coperte e si alzò dal letto. Mentre si ergeva in tutta la sua imponenza, gli indumenti si materializzarono intorno al suo corpo, vestendolo di grigio antracite Armani fino alla punta delle scarpe nero lucido.

Sentì bussare ancora, questa volta più energicamente.

«Avanti» disse, già consapevole dell'identità della persona dall'altro lato della porta. Solo due dei suoi numerosi dipendenti avrebbero osato intromettersi nella solitudine di Sam in quella maniera, e solo per questioni di grande importanza: Lilith o Jason. Lilith sarebbe semplicemente entrato nella camera di Samael dopo la prima bussata. Quindi doveva essere Jason. Qualunque cosa Jason avesse da mostrargli doveva essere di cruciale importanza.

La prova arrivò subito, quando i battenti si spalancarono ed entrò un uomo alto, dai capelli scuri, con un completo blu che si intonava con la scintilla color cobalto negli occhi. «Mio signore, mi rincresce disturbarla. Tuttavia credo che le interesserà vedere questo.» Gli porse la cartellina che aveva in mano.

Samael non si disturbò a rispondere. Si diresse verso Jason al centro della vasta stanza lussuosamente arredata e prese la cartellina. L'aprì e abbassò lo sguardo sulla fotografia di una donna bellissima.

Aveva lunghi e folti capelli nero corvino, la pelle chiara e profondi occhi azzurri. Il suo istinto lo spingeva a domandare chi fosse. Tuttavia seppe quasi immediatamente la risposta e non diede voce a quella domanda. La sua bellezza bastava da sola a rivelarne l'identità, ma c'era qualcosa di più in lei. Qualcosa nella profondità del suo sguardo, nella natura quasi triste del suo sorriso appena accennato, e c'era qualcosa nel modo in cui il mondo impallidiva attorno alla sua immagine. Era lì, chiara come il giorno.

«Una cherubina» sussurrò, mentre accarezzava con le dita affusolate la foto tra le sue mani.

«Sì, mio signore. La prima. Il suo nome è Eleanore Granger.»

3

Angel fissava lo schermo del computer davanti a sé. In quel momento era combattuta tra due emozioni forti ma opposte.

Una era euforia. L'altra era una paura agghiacciante.

Sul monitor, due nomi facevano bella mostra di sé nella chat aperta: uno era il suo, l'altro quello di Eleanore Granger.

E: Non indovinerai mai chi c'è qui proprio adesso, a firmare autografi nel mio negozio.
A: Allora... autografi hai detto? Su, dimmelo, non sto nella pelle!
E: Christopher Daniels.

Angel deglutì a fatica, scandendo con gli occhi ogni singola lettera di quel nome. Christopher Daniels era il bellissimo attore dagli occhi verdi che aveva interpretato il vampiro 'buono', Jonathan Brakes, in *Comeuppance,* un film che recentemente aveva ottenuto un enorme successo. Quell'uomo era dotato, carismatico e incredibilmente famoso. Ed era anche molto più di ciò che fingeva di essere.

Angel inspirò a fondo e adagiò le dita sulla tastiera. Con una buona dose di concentrazione, riuscì a rientrare nel ruolo di confidente, perché ormai lei e Eleanore Granger erano amiche virtuali da anni, e cominciò a scrivere. Il minimo che potesse fare era cercare di capire quanto fosse grave il danno.

'Mi stai prendendo in giro' scrisse, rientrando nel personaggio che aveva interpretato con Eleanore fin dal principio.

E: Lol, per niente. Sono uscita dal lavoro due ore fa, ma probabilmente mister Jonathan Brakes è ancora lì, a decidere nel collo di quale delle sue adoranti ammiratrici affondare i canini per cena. Oppure a colazione?

Angel visualizzò mentalmente l'attore e scosse la testa. Nessuna delle due, pensò. Christopher Daniels non è un vampiro. È un arcangelo. Ma è tanto pericoloso quanto te, piccola cherubina. Lentamente, chiuse gli occhi e si costrinse a fare un altro respiro profondo. Sapeva che quel momento sarebbe arrivato, certo. Era scritto. Doveva accadere. Era il fato.

Semplicemente, non si era resa conto di quanto poco tempo avesse a disposizione. La situazione era giunta al limite. L'Apice stava per avere inizio, che a lei piacesse o meno, e una volta che ognuna delle cherubine si fosse ricongiunta al suo arcangelo... sarebbe stato molto più facile per Samael trovare Angel. O meglio, non ci sarebbe più stato alcun luogo sulla Terra dove lei potesse nascondersi.

Angel si morse il labbro, emise un respiro tremolante e rispose mentendo.

A: Non ho mai provato tanta invidia!
E: Credevo che detestassi quel film.

Angel sorrise. Era vero, detestava *Comeuppance*, ma solo perché sapeva com'erano davvero i vampiri, ed era consapevole che anche Christopher Daniels lo sapeva.

Continuò a scrivere.

A: Ah, sì, è vero. Profondamente. Sono l'unica a spaventarsi a morte al pensiero di una persona di centinaia di anni che ne insegue un'altra di appena venti??? Altro che pedofilia! Ma Christopher Daniels è veramente FICO, cavolo. Sei riuscita a parlarci almeno? A farti firmare un autografo?

Quanto si era avvicinata a lui Eleanore? Sto calcando un po' troppo la mano, pensò. Una parte di lei si sentiva nauseata. Odiava la disonestà. Eppure, eccola lì, profondamente addentrata in essa, il suo spirito a un tratto irriconoscibile.

Per quanto ne sapeva Eleanore Granger, lei e Angel si erano conosciute diversi anni prima in una chat sui romanzi di vampiri ed erano diventate subito amiche, anche se non si erano mai incontrate di persona. Eleanore non immaginava neanche che Angel l'aveva sorvegliata più o meno da quando era una bambina. Non immaginava neanche che una volta le aveva salvato la vita.

Angel sapeva che Ellie era stata costantemente spiata dall'Adariano, a partire da quel primo incontro con il famigerato generale Abraxos vent'anni prima. A causa di questo, i genitori di Eleanore avevano trasferito la famiglia di paesino in paesino, di città in città, alla disperata ricerca di un modo per mascherare gli straordinari poteri della figlia e nasconderli al resto del mondo.

Eleanore aveva vissuto separata dalla società, e le uniche vere amicizie che aveva sperimentato erano quelle che stringeva online. Quella più forte era con Angel.

Angel era la migliore amica di Ellie.

Quella dicotomia avrebbe dimostrato di essere molto più dolorosa di quanto Angel potesse immaginare. Voleva essere l'amica di sempre, ma allo stesso tempo... era terrorizzata dalle conseguenze estreme dell'entusiasmo di Ellie nei confronti di Christopher Daniels.

'Ci sei?' scrisse.

E: Sì, ci sono. Scusa, ero soprappensiero.
A: Pensavi a Daniels?
E: Un po', ma non esattamente. Era più uno spaziare con l'immaginazione.
A: Ecco la mia Ellie.
E: Che si dice al Polo Nord?

Eleanore Granger credeva che Angel vivesse nel Minnesota. La prudenza non era mai troppa. Se Samuel Lambent avesse scoperto che in realtà viveva nella sua stessa città...

A: Fa freddo. È tutto bianco. Afferrato che vuoi cambiare ar-

gomento, cmq. Bel tentativo. Però io voglio ancora sapere tutti i dettagli più succulenti sul signor vampiro.
E: Va bene, hai vinto. La verità? Mi ha chiesto di uscire.

Il cuore di Angel batté contro la cassa toracica con una forza tale da farle male. Ci siamo, pensò con disperazione. È iniziato.

Le ci volle qualche momento per riuscire a rispondere.

A: Cos'ha fatto?!
E: Mi ha chiesto di uscire. Di andare con lui a una specie di evento, giovedì. Ma gli ho detto di no.
A: Cos'ha fatto?!
E: Molto divertente. Hai capito bene la prima volta.

Angel non riusciva a credere a quello che stava leggendo. L'arcangelo aveva trovato la sua cherubina. E lei l'aveva rifiutato? Non è possibile, cazzo, pensò. Ellie voleva fare la difficile, ma non avrebbe funzionato. Angel era ben consapevole della totale e violenta forza d'attrazione esercitata da una cherubina sul suo arcangelo, e del bisogno che questo aveva di lei. Prima di tutto, era il motivo per il quale lei si trovava sulla Terra. E poi, era maledettamente impossibile che Christopher Daniels, altrimenti noto come Uriel, uno dei quattro arcangeli fratelli, avesse intenzione di lasciarla andare.

Ma Angel doveva fingere di non saperlo. Per la sua amica Eleanore Granger, lei non sapeva nulla. Così, scosse la testa, si schiarì la voce e ricominciò a scrivere.

A: Va bene, ora so con certezza che hai perso la brocca. Cavolo, non riesco a credere che Christopher Daniels ti abbia chiesto di uscire, proprio non ci riesco. E tu gli hai detto di no?! Adesso mi alzo e vado a strillare con la faccia affondata nel cuscino. Mi stanno venendo gli occhi rossi!

Angel si disconnesse dalla chat e spinse indietro la sedia. Sentiva la pelle che gli formicolava, il corpo attraversato da brividi caldi e freddi insieme. Non era una mortale, ma in quel momento avrebbe giurato di essere pericolosamente sul punto di avere un attacco di panico.

Le serviva qualcosa, un qualche tipo di rassicurazione che il mondo non stava davvero per finire.

Jules, si disse. Controlla Juliette.

A quel pensiero spinse di nuovo in avanti la sedia, entrò in un altro account email e controllò se Juliette Anderson era online. C'era.

Pochi minuti dopo, le due conversavano amabilmente riguardo alla ricerca etnografica di Juliette e al suo programma di recarsi in Scozia nei mesi successivi. Angel gradì il cambio di argomento dopo gli arcangeli e i vampiri. Le distese i nervi al punto che la pelle non le faceva più male, e il panico che aveva sentito strisciarle dentro sembrava essersi dissolto. Era come se qualcuno le avesse acceso uno sbrinatore nel cervello, che aveva ripulito i suoi pensieri da ogni presagio funesto.

Una volta che ebbero discusso abbastanza a lungo, concluse la conversazione e si firmò come faceva normalmente con tutti gli amici virtuali: 'Tua, Angel.' Quindi spinse di nuovo indietro la sedia e si alzò.

Si diresse verso la camera da letto e iniziò a togliersi i vestiti, con la mente già proiettata verso una delle lunghe e calde docce che da qualche tempo costituivano per lei sia un lusso che una necessità per combattere lo stress. La finestra della camera da letto era aperta; fatta eccezione per i giorni di pioggia, non si prendeva mai la briga di chiuderla, tantomeno di bloccarla. Il suo appartamento era al settimo piano e non aveva il balcone, quindi non ce n'era bisogno.

La luna al di là delle leggere tende bianche era quasi piena. Proiettava una luce bianco-azzurrognola sul davanzale della finestra e sul tappeto sotto di essa.

Angel guardò con nostalgia il cielo notturno per poi voltare le spalle alla finestra e dirigersi verso il bagno. Ma mentre passava davanti al grande specchio accanto al guardaroba si bloccò. Si voltò lentamente, per trovarsi faccia a faccia con la propria immagine riflessa: aveva sul volto un'espressione turbata.

C'era qualcosa di decisamente diverso in lei, quella sera.

Nel corso degli anni, Angel aveva assunto diverse sembianze. Uno dei suoi più grandi poteri consisteva nel cambiare alcuni tratti del suo aspetto. Aveva i capelli, la pelle e gli occhi mutevoli. Se voleva, poteva avere i capelli corti, biondi, neri, lunghi, ricci, rossi... di tutti i tipi. Poteva avere gli occhi verdi, dorati, azzurri, marroni, viola o di qualunque combinazione di colori desiderasse. La sua pelle era scura in alcuni giorni e chiara in altri; a seconda di dove si trovava, si adattava all'ambiente per rendersi simile a qualsiasi altra persona del posto. Si nascondeva.

Si nascondeva sempre. Era brava a farlo. Era essenziale. Angel non permetteva mai ai suoi veri capelli, ai suoi veri occhi o alla sua vera pelle di prendere il sopravvento. Quelli li manteneva segreti, celati dietro il vero e proprio guardaroba di maschere che indossava giorno dopo giorno.

Quella sera, indossava la pelle e i capelli di una donna afroamericana. Gli occhi color ambra si delineavano netti nell'incantevole cornice del suo viso perfetto. La sua corporatura rimaneva sempre la stessa, così come l'altezza e l'ossatura. Non avrebbe potuto cambiarle neanche volendo. Sarebbe stata per sempre alta, snella e forte. Fortunatamente, la maggior parte della gente non andava oltre i colori quando cercava di identificare qualcuno.

Tuttavia quella sera... Angel avrebbe giurato che qualcosa al di là delle solite apparenze, sotto la superficie, era stato alterato. Guardò il suo riflesso, si accigliò e sbatté le palpebre. C'era come una... luce in lei.

«Oh, no» mormorò, mentre una nuova paura si faceva strada dentro di lei.

Angel non aveva mai avuto dubbi riguardo al suo aspetto fisico. Era ben consapevole di rappresentare ciò che molti avrebbero considerato una bellezza quasi impossibile. Il suo aspetto era soprannaturale. Lo era sempre stato. D'altronde lei non apparteneva a questo mondo, quindi aveva senso. Tuttavia, era sempre riuscita a mantenerlo segreto, principalmente grazie al suo potere di modificare i propri tratti secondari, oppure standosene nascosta. Viveva nell'ombra, indossava giacche con il cappuccio e maglioni, e rimaneva in disparte finché non ci fosse bisogno dei suoi poteri.

Eppure adesso... «Accidenti» borbottò.

«Lo sai che brilli come un faro?» disse una voce profonda alle sue spalle.

Angel rimase di sasso. Volse gli occhi ambrati alla

figura nello specchio. Lui stava in piedi sul davanzale della finestra. Malgrado l'ampia visuale che lo specchio offriva sulla finestra, non l'aveva visto arrivare. Non l'aveva sentito, né tantomeno percepito arrivare.

Da tanto, tantissimo tempo qualcuno non la sorprendeva in quel modo. Per essere esatti, da centinaia di anni.

Ed era sempre lo stesso uomo.

4

«Hesperos» sussurrò, quasi senza fiato per lo shock. La memoria funziona in modo strano. La maggior parte della gente non ricorda cos'ha mangiato a pranzo il giorno precedente, ma ha perfettamente presenti eventi e persone di decenni prima. Ed era quello che stava succedendo a Angel.

L'uomo sul davanzale aveva lo stesso aspetto di sempre: imponente, forte, scolpito. *Perfetto*.

La bellezza di Hesperos forse non era altrettanto fuori dal mondo come quella di Samuel Lambent. Nessuna lo era, e per delle ottime ragioni. Ma Hesperos era un re.

E si vedeva.

Forse non mi ha riconosciuta, pensò disperata. La sua mente correva da una parte all'altra, il cuore le picchiava nel petto al punto da farle male. Angel era tutt'altro che indifesa, perfino quando si trattava di combattere contro esseri non esattamente umani. Tuttavia, Hesperos era speciale. Se fossero arrivati allo scontro, lei avrebbe perso.

L'ultima volta che si erano visti, Angel aveva i capelli lunghi e rossi e gli occhi nocciola. Indossava abiti celtici. Nell'aspetto esteriore non assomigliava affatto a com'era adesso. Forse, se era fortunata, lui non avrebbe guardato attraverso l'involucro esterno più di quanto avrebbe fatto un qualsiasi maschio umano.

Ma perfino mentre formulava questo pensiero, Angel sapeva perfettamente che si stava ingannando. Hesperos era un Incubo. Gli Incubi avevano la fama di dare la caccia alla bellezza nella sua forma più pura. Spesso non si interessavano all'aspetto esteriore. Di sicuro l'apprezzavano, ma se una donna non era altrettanto bella dentro quanto fuori, se ne disinteressavano subito e andavano a cercare altrove.

Gli Incubi indovinavano facilmente cosa giaceva in fondo al cuore di una donna. Nonostante Angel fosse divenuta molto abile nel nascondere la sua vera natura nel corso dei decenni, Hesperos era il re degli Incubi. Duemila anni prima era riuscito a intravedere la sua vera forma. E adesso? Se mai qualcuno avesse potuto vedere, o almeno dare un'occhiata a quella che era la sua vera natura, quel qualcuno era lui. Be', lui o Samuel Lambent.

Angel si voltò verso di lui lentamente, stringendo tra le dita la sottile bretellina della sottoveste che un attimo prima stava per far scivolare dalla spalla. Era tutto ciò che le era rimasto indosso. Era tutto ciò che restava tra lei e il signore e padrone, letteralmente, di tutti gli uomini più provocanti e sensuali del pianeta.

Hesperos la osservava dal davanzale, circondato dal chiaro di luna e dalle tende che ondeggiavano dolcemente. In quella luce, riflessi blu attraversavano la sua chioma nero corvino. Aveva un intrigante tatuaggio nero sul lato sinistro del collo e un altro lungo la curva del bicipite destro. Un terzo si intravedeva sotto il bordo del gilè di cuoio. Per la maggior parte delle persone, quelli erano semplicemente tatuaggi, molto virili forse, intricati e ben fatti. Invece, per Angel, erano i simboli del suo potere, del suo status, un promemoria del fatto che era un re.

Qualche istante dopo, Hesperos scese dal davanzale mentre il chiaro di luna colpiva i suoi occhi color dell'acciaio. Erano sempre stati i suoi occhi a far impazzire Angel e a indebolirla fino a metterla in pericolo. Erano di un colore a metà tra il grigio e il verde, e lei non ne aveva mai più visti di simili. Sembravano giada permeata di metallo, e il loro potere percettivo era incredibile.

Nulla sfuggiva a Hesperos.

Quella era probabilmente la cosa che la spaventava di più.

Angel deglutì a fatica e, con un timore che non sentiva da secoli, guardò il re degli Incubi allontanarsi dalla finestra, mentre i suoi stivali emettevano un fragore che spezzava il vuoto silenzio circostante. Hesperos non era malvagio. Non aveva mai ferito una donna, non ne avrebbe mai avuto bisogno, e non aveva mai lasciato che il suo seme ne mettesse incinta nessuna, come facevano invece la maggior parte degli Incubi. Da questo punto di vista, Hesperos era un tenerone se paragonato ai suoi sudditi.

Ma non era diventato re per caso.

Hesperos possedeva un potere enorme. Infatti, Angel fu un po' sorpresa del fatto che non avesse ancora provato a soggiogarle la mente per rendersi le cose più facili. Non gli era di certo necessario controllare la mente delle sue vittime per ottenere ciò che voleva. La maggior parte delle donne si scioglieva al suo minimo sguardo. Ma non era stupido. Non lasciava mai nulla al caso. Un'altra ragione per cui era il re.

Il fatto che non tentasse di penetrare nei suoi pensieri non faceva che accrescere la paura di Angel che Hesperos fosse ben consapevole della sua natura più che umana. Non si sarebbe disturbato a cercare di sopraffarla finché non avesse capito con cosa stava per confrontarsi. Stava prendendo le misure della sua preda. Un buon cacciatore faceva tutto il necessario per ridurre al minimo le ferite provocate dagli artigli o dai morsi.

Hesperos continuava a fissarla mentre si muoveva attraverso la stanza, simile a uno squalo che accerchia lentamente la sua cena. La sua espressione era un mix perverso e affascinante di curiosità, prudenza e determinazione. «Oh, bellezza» disse, facendo venire a Angel la pelle d'oca. «Vorrei proprio sapere cosa sei...»

Angel rimase in silenzio, ma il ritmo incalzante del suo cuore l'aveva sicuramente tradita. Non lo sa, si disse con decisione. Non si ricorda, quindi non dargli indizi. Sii forte.

«Hai un'aria familiare» disse lui.

A Angel mancava il respiro. Sentì che stava sbarrando gli occhi. Stupida, si rimproverò. Sembrava che fosse fuori allenamento. Hesperos avrebbe certamente notato simili passi falsi.

Il re si fermò al centro della stanza e inclinò la testa,

fissandola pensieroso. In quel momento, le ricordò l'astuto soldato greco che era stato un tempo, che vagava tra i mortali semplicemente perché si annoiava. Era stato un vero dio della guerra, e aveva abbandonato quel ruolo solo dopo essersi reso conto che, se avesse voluto, avrebbe potuto massacrare l'intera razza umana. Ma lui non era così. Hesperos non era un assassino.

Ora invece sembrava di sì. Machiavellico. Astutamente... malvagio.

Senza dire una parola, il re degli Incubi fece un passo verso di lei. Angel pensò in fretta, mantenendo i nervi saldi. Sollevò il mento, e con un leggero movimento del polso lasciò cadere la bretella che teneva fra le dita. Gli occhi verde metallo di Hesperos osservarono quella stoffa sottile e lucente scivolare fino al pavimento e giacere intorno ai piedi nudi di lei. Solo per un istante, lui si bloccò, mentre un accenno di sorriso gli percorreva le labbra.

Subito dopo tornò a fissare quel corpo slanciato e capì tutto. Fece un altro passo. «Accidenti» disse, scuotendo la testa meravigliato. «Se proprio un uccello raro.» Con un altro paio di passi colmò la distanza che li separava. Nonostante Angel fosse molto alta, il re la superava di almeno trenta centimetri e la dominava dall'alto standole addosso con la sua imponente presenza.

«Anche tu sei piuttosto notevole» ammise lei sommessamente, incapace di contenersi. Iniziava a innervosirla. Angel era una creatura soprannaturale, certo, ma era pur sempre una donna, e Hesperos era sicuramente molto virile.

«Tu mi conosci» disse Hesperos. «Hai pronunciato il

mio nome.» Sorrise, lasciando intravedere una dentatura dritta e bianca, con i canini leggermente più lunghi del normale. «Temo di essere in svantaggio.» Mentre parlava, incatenò il suo sguardo a quello di Angel, catturando la sua attenzione in senso quasi letterale.

Le fu impossibile distogliere lo sguardo mentre lui alzava la mano destra per accarezzarle delicatamente le clavicole. Un brivido violento la attraversò. «Non credo sia possibile» gli rispose.

Il sorriso di Hesperos si allargò, e dal suo ampio petto risuonò una risata di genuino divertimento. «Neanch'io l'avrei mai creduto» ammise. «Eppure, eccoci qui. Tu sai chi sono...» Le afferrò un boccolo nero e lo arrotolò con il dito. «E la cosa non è reciproca.»

Angel non replicò. Temeva che se avesse osato parlare, avrebbe inavvertitamente detto qualcosa, qualunque cosa, che l'avrebbe tradita.

Hesperos la guardò negli occhi come se stesse leggendo il flusso di pensieri che scorreva nella sua mente. Poi socchiuse le palpebre e lei sentì l'ondata di energia che lo investiva. Doveva essersi reso conto che non si sarebbe rivelata di sua spontanea volontà, perché da quel momento decise di non provarci più con le buone. Angel sentì le sue braccia prodigiose raggiungerla e afferrarla, stringendola forte mentre le frugava la mente con la sua, in cerca dei segreti che nascondeva.

«Basta, Hesperos!» disse lei, socchiudendo le palpebre a sua volta. «Esci dalla mia mente.» Angel contrasse la mandibola e digrignò i denti. Aveva sperato di non dover arrivare a tanto, ma ormai aveva suscitato la sua curiosità. Hesperos era sempre stato così. Implacabile.

Di nuovo, non era diventato re per caso.

«Chi sei, piccolina?» domandò lui, con una scintilla quasi crudele di curiosità e divertimento negli occhi verde acciaio. «Le mura che hai costruito sono antiche» disse, scuotendo la testa mentre le accarezzava le clavicole e le prendeva dolcemente il mento nell'incavo della mano. «Antiche quanto me.»

Poi, d'un tratto, rimase immobile, e in quel momento Angel seppe di aver perso la battaglia. Il bagliore di un lampo sul suo bellissimo volto rivelò che l'aveva riconosciuta, e la sua presa sul mento di Angel si fece più ferma. «Angel» sussurrò. Al dilatarsi delle pupille lo sguardo di Hesperos si fece più cupo. Per un istante sembrò confuso, scosso.

Angel sentì i propri muscoli contrarsi e prepararsi all'attacco o alla fuga.

Ma lui fu più veloce. L'afferrò per gli avambracci e la strinse con la forza di una morsa. Non faceva male. Non ancora. Ma era chiaro che non poteva più fuggire.

Duemila anni prima, Angel aveva passato una sola notte con Hesperos. Un'unica notte, calda, smodata, intensa, rovente e passionale. E poi era scappata, e malgrado lui l'avesse cercata, inviando i suoi Incubi in lungo e in largo per secoli, lei era riuscita a sfuggirgli.

Alla fine, lui e la sua specie si erano ritirati nell'ombra con il resto delle creature paranormali che avevano abitato la Terra. Erano scomparsi dalla vista degli umani tanto velocemente e facilmente quanto Angel era scomparsa da quella di Hesperos.

Adesso era tornato. E alla fine l'aveva trovata.

Angel sentì la speranza abbandonarla mentre in lei

cresceva il desiderio, nel momento in cui Hesperos si piegò verso di lei per poi abbracciarla, stringendola forte, con gli occhi immobili e decisi. «Da quanto tempo, mio prezioso tesoro.»

5

Era finita. Il segreto era stato svelato e lei era perduta. Ma non le importava.

Hesperos la tenne stretta a sé per un istante infinito, guardandola con ardore. Un battito. Ancora un altro. Come sentendo che lei non sarebbe scappata e che non si sarebbe battuta fisicamente, il re lasciò andare un braccio e le strinse il mento, accarezzandole con il pollice il carnoso labbro inferiore. «Perché sei fuggita via da me?» le domandò, la voce profonda ora ridotta a un secco sussurro nell'oscurità della stanza.

Angel recepì la domanda, quasi perdendo i sensi sotto l'ondata di desiderio che il suo tocco aveva scatenato. In qualche modo riuscì a conservare il buonsenso sufficiente a rispondere: «Perché mi hai cercata?»

Gli occhi di Hesperos comunicarono una quantità di parole inesprimibili. La guardò incredulo e deluso. «Dopo quello che c'è stato tra di noi?» disse, scuotendo impercettibilmente la testa. «Come puoi domandarmelo?»

«È stata solo una notte» replicò Angel, cercando di mascherare il fremito di desiderio nella sua voce. Il corpo di Hesperos emanava calore. Sembrava un magnete in fiamme, che la attirava a sé e le faceva bramare che il piccolo spazio che li separava sparisse, ed era un desiderio quasi doloroso. Sapeva che lui sarebbe stato duro, sicuro, forte. Era certa che avrebbe saputo esattamente come toccarla, quando e dove. Lo sapeva per esperienza.

E quando fosse stato abbastanza vicino, le sue difese sarebbero crollate... e lui avrebbe capito tutto. La stessa cosa la spaventava duemila anni prima. Ecco perché era fuggita. Hesperos era un re astuto. Se avesse scoperto il suo segreto, l'avrebbe usato contro di lei. Sarebbe andato da Sam.

«È bastata» le disse il sovrano.

È questo che mi spaventa, pensò lei con disperazione.

Hesperos era implacabile. Si spinse più vicino, inondandola col suo calore e sussurrandole all'orecchio. La sensazione di quel respiro sulla carne le provocò un violento brivido e le fece chiudere gli occhi. «Cosa nascondi sotto questo splendido guscio, mio prezioso tesoro?»

Oh mio dio, pensò. *Ti prego non mostrargli...*

La mano di Hesperos scivolò tra i capelli di Angel, stringendoli leggermente all'altezza della nuca mentre le sfiorava con le labbra la punta dell'orecchio. Tirò delicatamente, e lei inarcò il collo trovandosi sovrastata da lui. «Sai che posso darti esattamente quello che vuoi, Angel» le disse spostandosi verso la sua gola, graffiandole con i denti la pelle nuda.

Era quasi vero. Gli Incubi avevano il potere di cambiare per i loro amanti. Qualunque cosa lei desiderasse... uomo, demone, vampiro... lui poteva diventarlo nell'impeto della passione.

Ormai era vicinissimo, l'avvolgeva. Oh, se era bravo.

Angel radunò tutte le forze che le erano rimaste e gli premette le mani contro il petto. *Oh, no.* Sentire quel corpo così duro e perfettamente scolpito sotto le dita fu quasi la sua rovina. Gli ultimi brandelli di volontà la abbandonarono, minando definitivamente le sue difese.

«Sono stato sul punto di averti duemila anni fa» disse.

«Ti prego, Hesper...» sussurrò, incapace perfino di completare il suo nome. Ma lui rimase immobile davanti a lei e sollevò lentamente la testa. L'acciaio del suo sguardo trafisse l'oscurità.

«Sì?» chiese.

Angel sentì il sangue pulsarle nelle orecchie. Sentiva il cuore battere come un martello mentre il corpo si imperlava di sudore. Aveva le labbra socchiuse e il respiro veloce. Non riusciva a concentrarsi.

Eppure, allo stesso tempo, sentiva l'energia di Hesperos diminuire e ritirarsi. Giusto un po'.

Per un momento, Angel non riuscì a crederci. Ma poi si ricordò di cosa e chi lui fosse. Gli Incubi non erano altro che lussuria, desiderio e fame. Perlopiù cercavano il piacere. Angel gli aveva chiesto qualcosa, ma lui non sapeva esattamente cosa. In ogni caso, le stava consentendo di completare la sua richiesta.

«Devi lasciarmi andare» gli disse, premendogli le mani sul petto fino a fargli allentare la presa sui suoi capelli così da fare un passo indietro. Era una sensazione quasi dolorosa... come una profonda e oscura delusione. La consapevolezza di essere stata sul punto di avere qualcosa di magnifico e di esserci andata soltanto vicino.

Ricordava quella sensazione. Il re degli Incubi riusciva a penetrare sotto la pelle di una donna come nessuno.

«Se la memoria non mi inganna,» disse lui «dicesti la stessa cosa venti secoli fa.» Assunse un'espressione più severa. «Prima di scomparire.»

Angel deglutì a fatica.

«E ora eccoci di nuovo» proseguì. «E tu stai facendo l'impossibile per fuggire ancora.» Hesperos scosse la testa, con gli occhi verde acciaio che risplendevano al chiaro di luna. «Voglio sapere perché.»

«Non ti riguarda» gli disse con fermezza. La voce non le tremava più. Era quasi orgogliosa di sé stessa.

Hesperos abbozzò un sorriso. «Ti conosco in senso biblico, mio prezioso tesoro. Ho conosciuto il tuo sapore. Mi sono mosso dentro di te.»

Angel rabbrividì.

«Direi che mi riguarda eccome» concluse con voce suadente. C'era un qualcosa di familiare in quel tono. L'aveva sentito già molti anni prima. Lui non alzava mai la voce. Quando comandava il suo esercito, dava ordini con una freddezza che faceva rabbrividire i soldati.

Stava usando quel tono, ora.

«Ti voglio...» disse Angel con la voce rotta. Aveva un groppo in gola. Deglutì, fece un altro passo indietro e ci riprovò. «Ti voglio fuori di qui» disse, schiacciata da quella dolorosa ambiguità. Aveva detto la verità. E aveva mentito.

Il re degli Incubi non disse nulla. Invece, fece un passo indietro e il rumore dei suoi stivali echeggiò ancora una volta nel silenzio. Angel sentì gli ultimi brandelli della sua energia scivolare via come corde allentate mentre Hesperos si allontanava da lei, fino a voltarle le spalle per guardare la finestra e la luna che lo richiamava al di là di essa.

La sua figura alta e forte si stagliava perfetta nella luce della luna calante, delineando un profilo che si sarebbe impresso per sempre nella mente di Angel. Anzi, l'aveva già fatto molto tempo prima.

Assorto nei suoi pensieri, Hesperos si tamburellò con le dita sulle labbra. Poi le lanciò uno sguardo al di sopra delle ampie spalle, con un lampo negli occhi. «Cosa farai adesso, mio prezioso tesoro?» le domandò.

All'improvviso, lasciò cadere la mano, si voltò e si diresse verso di lei a grandi falcate.

Angel inspirò alla vista di questa nuova, determinata andatura. Ebbe appena il tempo di indietreggiare vacillando di qualche centimetro prima che lui le si parasse davanti, sovrastandola di nuovo. «Dove andrai?»

Angel provò a ritrarsi, ma Hesperos le cinse la vita con il braccio, e con uno strattone violento la strinse a sé. La sensazione della sua cintura di pelle, dei jeans ruvidi e di quel petto nudo la stava facendo impazzire. Ogni buonsenso l'abbandonò, precipitandosi attraverso la stanza e fuori dalla finestra come una brezza errante.

«Scapperai ancora? Proverai a nasconderti?» Hesperos scosse la testa, mostrò i denti in un ghigno e sottolineò ogni parola con una nuova stretta attorno alla vita di Angel. «Il mondo è così piccolo, Angel, e i miei uomini sono dovunque.»

La sua prestanza la vinse ancora, investendola come un'onda di marea. Angel afferrò le sue braccia robuste, nell'inutile tentativo di liberarsi. Ma non ne aveva la forza, e iniziava a mancarle il respiro. Era lui che glielo stava rubando, estraendo la sua linfa vitale. Angel si sentiva le gambe deboli e avvertiva un calore serpeggiare nel basso ventre.

«Non puoi nasconderti per sempre, mio prezioso tesoro. E io non mi arrenderò tanto facilmente, stavolta.» Detto ciò, il re degli Incubi la baciò.

Lei non si oppose, non ne aveva la forza. Hesperos era tenero ed esigente; la faceva sentire come sotto l'effetto di una droga. Le dischiuse le labbra con le sue, insistente e affamato. Quel bacio la rivendicava con una ferocia che rivelava la sua rabbia, la furia e il risentimento nei confronti del tradimento e della scomparsa di Angel. Eppure, c'era un qualcosa di delicato e commovente in quel giogo, che rivelava la possibilità del perdono.

Era una tacita promessa.

Quando alla fine il bacio si concluse, gli occhi di giada metallica di Hesperos la incatenavano a sé al pari del braccio attorno alla vita. Angel alzò lo sguardo verso di lui con le palpebre socchiuse, respirando a fatica e con il corpo in fiamme.

«Alla prossima, mio prezioso tesoro» promise Hesperos, dando voce a qualcosa che lei sapeva già. Con una mano le cinse la schiena minuta, una stretta di possesso mentre con l'altra mano tornò ad accarezzarle il viso, caldo e tenero tanto quanto i suoi occhi erano freddi e duri. «Lotta quanto vuoi» disse. «Ma alla fine ti aprirai per me, Angel.»

Si chinò verso di lei, dandole un ultimo, delicatissimo bacio sulle labbra. E poi sorrise. «Sogni d'oro.»

Così, il sovrano degli Incubi, il re Hesperos, svanì; un momento prima c'era, e un momento dopo se n'era andato, scomparendo in una nuvola di fumo che odorava di legno di sandalo.

6

Per la terza volta quella settimana, Sam si svegliò di soprassalto in mezzo a lenzuola umide e domande senza risposta. Un'ondata di rabbia lo investì, violenta e insistente. Nel suo inconscio erano rimaste le tracce di una visione, ma nel momento in cui si alzò dal letto e spalancò gli occhi grigi come il cielo in tempesta, lottando per richiamarla alla mente... la perse per sempre.

Un suono simile a un ringhio gli sfuggì dalla gola attraverso i denti serrati. Fulmini schiarivano il cielo fuori dalla finestra della villa in cui risiedeva in quel momento. Tuoni subito dopo. Samael spinse via la coperta, si alzò e si diresse a grandi passi verso la finestra senza prendersi la briga di vestirsi.

Un panorama fatto di sterpaglie, cactus e pietre era illuminato dal bagliore dei lampi. I vetri della finestra vibravano nel telaio ogni volta che un tuono colpiva la tenuta.

La villa apparteneva a un chirurgo che lavorava in

una cittadina del Texas. In quel momento, il medico era fuori città e Samael aveva 'preso in prestito' la tenuta. Aveva bisogno di una residenza in città e quella faceva al caso suo.

Eleanore Granger era lì. Sam aveva molto lavoro da fare.

Ma anche quando cercava di scacciare via i turbamenti e di concentrarsi sulla giovane cherubina, si ritrovava a pensare ad altro... a una donna di cui non riusciva a vedere il volto, ma la cui presenza infestava ogni suo sonno e persisteva durante le ore di veglia. Nell'ultimo sogno c'era stato qualcos'altro, qualcosa che non ricordava. Ma Samael aveva ben presente la gelosia che gli era montata dentro.

Non era un'emozione comune per lui. Anzi, lui non era mai stato geloso. Di cosa avrebbe dovuto essere geloso? Poteva avere tutto ciò che voleva, se lo desiderava. Ma comunque, quel sentimento gli era risalito nelle vene, tagliente come la lama di un rasoio. Ora ricordava: aveva visto rosso... e sentito odore di pioggia.

Frustrato, si passò una mano tra i capelli biondo cenere e strinse forte gli occhi. Il mondo lo aspettava. Aveva un piano e doveva portarlo a compimento, indipendentemente da qualunque donna senza volto o incubo di gelosia. Doveva concentrarsi.

L'alter ego di Samael, Samuel Lambent, aveva un appuntamento col destino, e il suo nome era Eleanore. Con una pianificazione attenta e un po' di fortuna, avrebbe avuto Granger sotto la sua ala protettrice prima di due settimane. Allora i quattro favoriti del Vecchio avrebbero sofferto al di là di ogni immaginazione.

***

Angel si appoggiò contro il muro di un palazzo nel vicolo, il cappuccio della felpa abbassato sugli occhi. Era un po' stanca. Era stata una lunga giornata e ultimamente aveva cercato di recuperare il sonno di giorno, dal momento che tutto quello che la impegnava aveva luogo di notte. Quella mattina aveva fatto il giro del Paese, cercando di imprimere qualche tipo di segno nella folle direzione che di recente aveva preso il mondo. Era riuscita a portare a termine un paio di cose, ma come sempre, non erano abbastanza. Non sarebbero mai state abbastanza.

Scrutò con gli occhi marroni la folla giù in strada finché non vide la donna che stava cercando. Angel sapeva esattamente dove e quando sarebbe arrivata.

Era una ragazza alta, con i capelli dorati lunghi fino alla curvatura del fondoschiena, e quando Angel la guardò, inforcò rapidamente un paio di occhiali da sole specchiati, che coprirono due occhi simili al miele in piena luce. O a un raggio di sole.

«In perfetto orario» sussurrò Angel tra sé e sé, mentre osservava la ragazza attraversare con cautela la strada di fronte all'università. Il campus di Berkeley era affollatissimo a quell'ora, nonostante fosse relativamente tardi. Avevano organizzato una giornata a porte aperte per gli studenti che pensavano di iscriversi a gennaio. In questi casi, l'ateneo rimaneva aperto anche per molto tempo oltre il normale orario di chiusura. Il sole stava tramontando e il campus era ancora invaso da una folla di liceali ambiziosi e pieni di speranze... e poi c'era una cherubina.

In silenzio, Angel continuò a guardare la ragazza dai capelli biondi attraversare di corsa un prato verso un altro marciapiede. Portava una cartellina in mano e sorrideva. Sembrava non avere alcuna idea del suo aspetto mentre attraversava il campus. Sembrava quasi brillare.

Uomini e donne si fermavano a guardarla con desiderio, ma lei non se ne accorgeva neanche. Era concentrata su sé stessa, probabilmente su qualche faccenda che aveva appena sbrigato in segreteria. Angel sapeva di cosa si trattava: la cherubina era appena stata ammessa con una borsa di studio al programma di danza di Berkeley.

Angel aveva fatto un po' di ricerche su di lei, come faceva sempre con queste piccole, preziose, inestimabili donne. Come Eleanore Granger, questa cherubina non aveva idea di cosa fosse né dell'importante ruolo che avrebbe ricoperto in un futuro molto vicino. In più, non aveva ancora sviluppato nessuno dei suoi poteri. Angel non era sicura del perché, ma non era sorpresa. Tutte le ragazze erano simili per certi aspetti e decisamente diverse per altri.

In ogni caso, che fosse consapevole o no di quanto fosse speciale, il fatto stesso che gettasse una sorta di incantesimo su chiunque incrociasse era sufficiente a distinguerla dal resto del genere umano. Era un ignaro segnale luminoso, e il mondo si faceva più pericoloso per lei ogni secondo che passava. Ed era quella la ragione per cui Angel si trovava lì.

Con uno scatto delle sue lunghe gambe, la cherubina dai capelli biondi raggiunse la fermata più vicina e riuscì a malapena a salire sul tram prima che quest'ultimo ripartisse per continuare la sua corsa. Angel si preparò a spostarsi tra la folla per seguirla, ma una presenza riempì l'aria circostante e un rumore di passi risuonò alle sue spalle nel vicolo.

«Bene, bene» sentì dire da una voce familiare.

Non riconobbe chi parlava, ma conosceva quella sensazione. Il potere che emanava da quello sconosciuto odorava di incenso e di notte e di ciò che Angel credette essere il profumo dei sogni. Era anche decisamente erotico. Sentì la pelle arrossire di piacere, i capezzoli inturgidirsi, il corpo diventare più pesante.

Era il biglietto da visita di un Incubo.

Angel si voltò lentamente, preparando ogni muscolo a una battaglia soprannaturale. Inoltre, innalzò le sue barriere mentali, pensando contemporaneamente alla cherubina e alla sua protezione.

«Cos'abbiamo qui?» domandò il nuovo arrivato, sorridendo con sfacciata perfidia. Era alto, ma non quanto il re. Aveva i capelli castani tutti arruffati e indossava dei jeans e un'aderente maglietta azzurra che si intonava con i suoi occhi e gli avvolgeva il busto come un guanto. Per una donna mortale, sarebbe stato quantomeno seducente. Ma Angel aveva offerte migliori. E poi non era affatto umana.

«Vattene, Incubo. Non te lo ripeterò» lo avvertì. Non aveva voglia di perdere tempo con delle stupide ragazzate. L'Incubo era lì per sedurla e fotterle il cervello. Angel però non era interessata e dubitava fortemente che il re avrebbe gradito quel tipo di attenzioni verso di lei. In fin dei conti, dirgli di levarsi dai piedi poteva salvargli la vita.

L'Incubo si fermò, sul viso un'espressione confusa e

sorpresa allo stesso tempo. «Tu non sei umana» si limitò a constatare. Solo una non umana lo avrebbe chiamato Incubo. Anzi, solo una non umana lo avrebbe riconosciuto al primo sguardo per quello che era realmente. «Cosa sei?» fu la domanda successiva, e ogni pretesa di incantarla era ormai scomparsa.

«Non sono neanche lontanamente affari tuoi» chiarì Angel. Da quando aveva incontrato il re degli Incubi, era stata costretta a cambiare colore degli occhi, dei capelli e della pelle molte volte, come se a ogni cambiamento corrispondesse un nuovo strato di travestimento con il quale nascondere la sua vera forma. In quel momento aveva i capelli castani lunghi fino alle spalle, occhi marroni e pelle chiara che teneva al riparo sotto jeans e maniche lunghe. Si era impegnata molto per uniformare il marrone degli occhi e per rendere il castano chiaro dei capelli il più banale possibile. Ma sapeva che non erano che pretesti. Un Incubo sarebbe riuscito a vedere attraverso quella maschera in un lampo.

«Davvero?» domandò incredulo. Lentamente, avanzò minaccioso di un passo. «Incontro in un vicolo una bellissima donna imbronciata, che palesemente possiede svariati poteri e che indossa una quantità di vestiti che basterebbero a mummificare tre sovrani egizi, e tu credi che non mi interessi sapere perché?»

«Oh, io credo che ti interessi eccome» disse Angel drizzando le sue magiche antenne mentali e preparandosi alla distruzione. «Ho detto soltanto che non sono affari tuoi.» Detto ciò, scagliò un'onda di energia contro un muro di mattoni alle spalle dell'Incubo.

Lui si abbassò e si schermò il volto mentre una miriade di schegge di mattoni volavano in tutte le direzioni, cadevano a terra e rotolavano sull'asfalto. Dal buco nel muro fuoriusciva del fumo.

Fortunatamente, l'impatto non era stato troppo fragoroso; più che altro aveva ricordato il rumore di un grosso sasso che colpiva una superficie rocciosa. In caso contrario, gli studenti che si accalcavano sulla strada principale avrebbero potuto incuriosirsi. Dallo sguardo scioccato ma estremamente affascinato dell'Incubo, Angel si rese conto che il suo avvertimento non aveva avuto esattamente l'effetto desiderato.

L'Incubo, infatti, si alzò in piedi, abbassò le braccia e la osservò con sincera curiosità. «Ha gli artigli» disse a bassa voce, più a sé stesso che ad altri.

Angel usò immediatamente un altro dei suoi poteri e una sfera infuocata comparve nel palmo della sua mano. Il fuoco vorticava e pulsava, pronto a essere scagliato contro l'Incubo nel caso in cui non avesse colto l'invito a darsela a gambe.

«Eccome se li ha.» In fondo al vicolo si udì una terza voce, molto profonda. «E tu non hai idea di quanto possano essere lunghi e affilati.»

Angel guardò in direzione della voce e l'Incubo si voltò a sua volta, ma non c'era ancora nessuno. Eppure Angel avrebbe riconosciuto quella voce dovunque. E dal modo in cui l'Incubo davanti a lei fece un sospettoso passo indietro, capì che anche lui l'aveva riconosciuta.

Ci fu un breve bagliore che ricordò a Angel il modo in cui gli dèi apparivano e scomparivano in quel vecchio telefilm, *Xena – Principessa guerriera*. E poi venne raggiunta da quel profumo di cuoio e legno di sandalo.

Quando il bagliore sfumò, Hesperos si trovava lì dove un attimo prima non c'era nulla. Prima ancora di essersi materializzato del tutto, prese a camminare verso di loro a grandi falcate, mentre l'altro Incubo si prostrava in ginocchio, con la testa china in segno di rispetto. Angel osservò Hesperos avvicinarsi a lui, lanciando un solo ma significativo sguardo in direzione di Angel prima di dedicare la sua completa attenzione al proprio suddito.

«Hai del lavoro altrove stasera, Leonidas.»

Leonidas alzò la testa e osò guardare negli occhi il re. Hesperos sostenne il suo sguardo, con le braccia lungo il corpo e un'espressione indecifrabile. «Con te continuo dopo.»

A quelle parole, Leonidas annuì e si inchinò ancora una volta prima di svanire con un bagliore e uno sbuffo di fumo simili a quelli con cui si era palesato Hesperos. Quando se ne fu definitivamente andato e nel vicolo vuoto rimasero soltanto loro due, il re degli Incubi si voltò verso Angel e la squadrò dalla testa ai piedi con gli occhi verde acciaio che rilucevano come la canna di un fucile nella debole luce del tramonto in fondo al vicolo.

Sorrise e scosse la testa, sfiorandosi con le dita le labbra sottili.

«Sei piena di sorprese, mio prezioso tesoro.»

7

Angel lasciò che il fuoco nella sua mano si estinguesse e lentamente abbassò le braccia. Le ci era voluta molta energia per mantenere quel tipo di magia e Hesperos aveva già iniziato a indebolirla. Dal momento in cui era apparso, si era sentita come sferzata dalla sua schiacciante presenza. Aveva la pelle calda, la gola secca e il cuore le batteva più forte di quanto potesse sopportare. Non poté fare a meno di ricordare come si era sentita quando lui l'aveva baciata... e non solo. Duemila anni non erano bastati ad attenuare quel ricordo.

Si schiarì la voce il più possibile e scosse la testa. «Adesso è me che insegui, Hesperos?» La voce le si ruppe in gola.

Il re allargò le braccia. «Sempre» disse quasi in un sussurro.

D'un tratto, Angel cominciò a domandarsi quanto Hesperos avesse visto o sentito. Per quanto tempo aveva aleggiato nei dintorni in forma di spettro per spiarla? Se osservandola avesse capito che stava studiando le mosse di una cherubina... sarebbe stato un male.

«Allora, vediamo se riesco a farti capire bene una cosa» disse lui, strofinandosi pensieroso il mento e lasciando cadere il suo potente sguardo sui detriti lungo il vicolo. «Ovviamente, tu sei immortale, o almeno hai vissuto parecchio» disse, in maniera quasi colloquiale. Parlava come se stesse semplicemente costatando dei fatti. Nel frattempo avanzava verso di lei, di nuovo muovendosi in circolo con quell'atteggiamento da squalo che gli riusciva tanto bene.

Gli era congeniale. Era sicuramente un predatore, e Angel non si era mai sentita più preda in vita sua. Deglutì a fatica e continuò ad ascoltarlo.

«Cambi il colore dei capelli, degli occhi e della pelle, ma non la tua corporatura» aggiunse, guardandola come a dimostrare apertamente quanto apprezzasse il suo corpo. La bocca di Angel si fece ancora più asciutta, ma lui proseguì. «Puoi creare e maneggiare il fuoco. E puoi esercitare quella specie di esplosione energetica.»

A questo punto si fermò, dritto davanti a lei, e incrociò le braccia sul petto. «E questa non è neanche la parte migliore» disse abbassando leggermente il tono della voce. Inclinò la testa da un lato, e ancora una volta la trafisse con gli occhi grigio-verde. «Nell'altro mondo gira voce che ti sei data una ripulita, Angel» concluse.

Angel sentì il cuore rimbalzarle in gola e la testa come stretta in una morsa. Il sangue le pulsava nelle orecchie.

«Uno spettro a Pittsburgh, un Icariano a New York e un altro a Brisbane in Australia, e ora...» Guardò l'asfalto tra i loro piedi e con un passo colmò la distanza che li separava. «L'avevi avvertito, te lo concedo. Ma avresti fatto fuori il mio suddito senza pensarci due volte. O sbaglio?»

«L'hai detto» replicò Angel facendo un passo indietro. «L'avevo avvertito.»

Hesperos accennò un sorriso quasi triste e scosse lievemente la testa, avanzando di un altro passo. «Chi stai proteggendo, Angel? Se non ricordo male non avevi nessun problema con la nostra razza duemila anni fa.» Avanzò ancora e Angel si ritrovò spalle al muro. «Cos'è cambiato?»

Niente, pensò d'istinto. Proiettò quel pensiero verso di lui con una forza straordinaria, sapendo che, se voleva, Hesperos poteva penetrare ancora nella sua mente e rubarle le parole non dette dal loro nascondiglio. Niente, pensò ancora, con l'unica intenzione di proteggere il suo segreto. Niente, niente, niente...

«Mi domando» disse Hesperos alzando una mano per toglierle il cappuccio della felpa. «Mi domando da chi ti stai nascondendo. Non da me» disse inarcando un sopracciglio. «In fondo, io ti ho già trovata.» Il suo tono di voce era così ragionevole, la sua logica così metodica che un brivido le attraversò la schiena. Si sentiva come se entrambi fossero sull'orlo di qualcosa di estremamente pericoloso, qualcosa di irreparabile. «Allora da cosa, mio prezioso tesoro?»

Angel scosse la testa, distolse lo sguardo dal suo e allontanò Hesperos con tutta la forza che aveva. Percorse il vicolo a grandi falcate dirigendosi con eccezionale velocità verso l'uscita. In quel momento desiderava solo mettere della distanza tra di loro. Sapeva benissimo che il re degli Incubi non poteva essere sconfitto con onde di energia, né con sfere infuocate, né con nessun altro dei suoi poteri. Nella sua forma reale, Hesperos era incorporeo. Era l'essenza stessa della lussuria, del desiderio e dell'appetito sessuale. Era invisibile, intangibile, e il suo potere era devastante. Un semplice tocco del suo spirito sulla carne di una donna poteva farle avere un orgasmo che lei non avrebbe mai potuto neanche sognare. E quello era niente se comparato a cosa riusciva a fare se si sentiva realmente minacciato.

In questa battaglia di poteri Angel aveva potuto contare soprattutto sulla sua forza di volontà, sulle barriere mentali che era così brava a erigere, e sull'inamovibile senso dell'onore di Hesperos.

Onore o meno, Angel non andò molto lontano prima che qualcosa la bloccasse tagliandole la strada, un'enorme ombra che oscurò la luce del sole davanti ai suoi occhi. «Alla fine lo scoprirò, piccola» sentì dire da quella voce profonda e sensuale mentre andava a sbattere esattamente contro il suo petto duro come pietra per poi barcollare all'indietro. Lui la immobilizzò con rapida efficacia e poi le accarezzò la liscia chioma castana. «Ti sforzi tanto per nascondere chi sei realmente, ma il tuo spirito brilla attraverso la tua maschera come un fulmine nella notte.»

«I fulmini bruciano, Hesperos» gli disse, liberandosi dalla sua stretta con uno strattone. Questa volta lo sforzo fu troppo grande e Angel non riuscì ad allontanarsi molto. Lui la raggiunse portando con sé il suo odore di cuoio e legno di sandalo, il suo corpo perfetto come una scultura di marmo e quei maledetti tatuaggi. Il rumore degli stivali sul terreno riecheggiava anticipando minacciosamente il suo avvicinarsi. Il tocco di Hesperos aveva lo stesso sapore del cioccolato più gustoso, cremoso e delizioso. Le innescò una serie di sinapsi simili a fuochi d'artificio nei centri cerebrali del piacere. Angel ne voleva ancora.

«Oh, lo so, Angel» disse. «Mi ricordo.»

Non ci fu nessun avvertimento. Hesperos fu vicinissimo un momento e sparì quello successivo, e la sua essenza la riempì in una violenta esplosione. Le gambe di Angel cedettero mentre un violento orgasmo la investiva brutalmente, inondandola di un piacere implacabile e pulsante che la fece impazzire. Gridò in estasi e temette che quell'orgasmo potesse intensificarsi fino a trasformarsi in un perfetto, delizioso e insopportabile dolore.

Subito dopo lo spirito di Hesperos si allontanò e Angel cadde in avanti, ansimando mentre la forza dell'orgasmo andava diminuendo. Angel era di nuovo da sola.

Quando tornò a casa, si sentiva completamente scarica. Quel giorno non solo si era teletrasportata quattro volte e ripetutamente trasformata, ma aveva usato la telecinesi per salvare un gatto che stava per essere investito da un'auto, estinto un incendio boschivo nel Texas occidentale, guarito un bambino di cinque anni dalla leucemia, scagliato un'onda energetica e creato una sfera di fuoco, e soprattutto era stata stremata dall'insidioso e incredibile potere magico del re degli Incubi. Il suo appartamento con due camere da letto al settimo piano non le era mai sembrato così accogliente.

Angel sostò nel piccolo ingresso oltre la porta e rimase in ascolto. Il suo mondo dipendeva dal suo udito, ultimamente. Non era mai troppo prudente. Ma le sembrò di non udire nulla di strano, di non sentire alcun odore diverso dal solito.

Così chiuse a chiave la porta alle sue spalle e si diresse in cucina. Aprì il frigorifero da cui fuoriuscì un alito d'aria fredda. Rimanevano solo tre birre. Senza esitare, ne prese una e la stappò con la telecinesi. Era più facile che cercare di aprirla con le mani o mettersi a frugare per tutta la cucina in cerca dell'apribottiglie.

Normalmente non beveva, ma quel primo sorso di birra gelida ebbe sulla sua gola stanca un effetto quasi prodigioso.

Angel portò con sé la birra nel salone e lanciò un'occhiata alla tv e al telecomando lì accanto. Sam non appariva più in televisione molto frequentemente come faceva vent'anni prima. Ormai si era affermato, era diventato più famoso di Dio. E altrettanto sfuggente.

Le rare interviste che rilasciava non erano quasi mai riprese. Solo le sue parole venivano registrate, e il più delle volte gli intervistatori se le facevano bastare. Angel sapeva bene che aveva le sue buone ragioni. Era un uomo incredibilmente carismatico, una figura magnetica che non invecchiava da decenni. Anzi da millenni. La gente se ne sarebbe accorta di sicuro. Certo, la chirurgia plastica poteva essere un'ottima spiegazione, e Sam avrebbe potuto indubbiamente permettersela, ma perché rischiare?

Angel si lasciò cadere sul divano più imbottito del dovuto e iniziò a rimuginare su tutto quello che le era accaduto quella settimana. Aveva avvistato tre delle quattro cherubine.

Vent'anni prima, quando aveva visto Eleanore Granger guarire una compagna di giochi nel cortile della scuola, Angel aveva dovuto fare i conti con la realtà della propria situazione. Per venti secoli aveva combattuto per il bene, per salvare l'umanità da cose che quest'ultima non poteva comprendere e che neanche sapeva esistessero. È vero, le creature soprannaturali si erano ritirate per la maggior parte di quel lunghissimo periodo, lasciando il pianeta alla più creativa e crudele immaginazione degli umani. C'erano state guerre, malattie, carestie e persecuzioni. Angel non era un'eroina, poteva salvare qualche vita qui o lì, far pendere la bilancia dalla sua parte, raddrizzare un torto ogni tanto. Ma in generale, l'umanità si portava da sola la sua croce.

Comunque, per quanto piccolo fosse il suo contributo, Angel sapeva che senza i poteri di cui era dotata, senza la sua presenza sul pianeta, ci sarebbe stata molta, molta più sofferenza. C'erano piaghe di cui l'umanità aveva ignorato le minacce, perché Angel le aveva stroncate sul nascere. Persone molto importanti erano sopravvissute alle malattie o agli incidenti, solo perché Angel le aveva tenute in vita affinché potessero determinare cambiamenti necessari nel corso della storia.

Probabilmente il mondo non avrebbe mai saputo che un'unica donna aveva avuto un ruolo così fondamentale in ogni svolta del suo destino. Il mondo non era perfetto. A volte Angel sentiva un'angoscia dolorosa al pensiero di come esso fosse capace di passare da picchi fin troppo gloriosi e trionfanti ad altri di assoluta devastazione. Le tragedie che si verificavano la ferivano a causa di un'empatia che gli altri non avrebbero mai potuto comprendere. Sentiva il dolore del mondo come se fosse il suo.

Era una maledizione alla quale non esisteva rimedio. Ma, probabilmente, era anche il suo dono più prezioso. Senza la compassione che derivava da quel dolore, Angel non sarebbe mai stata così motivata a fare quello che faceva.

Comunque, sapeva fin dall'inizio di avere un tempo massimo. Le erano concessi solo pochissimi anni prima che le cose cambiassero seguendo la loro predestinazione. Duemila. Più o meno un altro decennio, al massimo due. Quello era il tempo che aveva a disposizione prima che tutto cambiasse, una volta che gli eventi decisi dal fato si fossero verificati.

Quando Angel aveva visto Eleanore Granger guarire l'altra bambina nel giardino della scuola, si era resa conto che quegli eventi avevano già avuto inizio. Eleanore era la prima cherubina. Quando le quattro cherubine si fossero unite ai loro arcangeli... l'Apice sarebbe cominciato. Samael avrebbe scoperto la verità. E Angel non sarebbe più stata libera di restare sulla Terra per continuare a proteggere l'umanità, come aveva fatto negli ultimi due millenni.

8

Angel si svegliò dopo quasi ventidue ore, alle sei del pomeriggio. I suoi orari erano diversi da quelli degli altri abitanti della Terra; capita, quando la tua normalità consiste nel combattere contro tipacci per tutta la notte. Questa volta, poi, aveva particolarmente bisogno di riposo.

Rimase nel letto a fissare il soffitto, pensando a una delle tre cose che ultimamente le occupavano la mente senza sosta. Se non pensava a Sam, pensava a Hesperos. E se non pensava a Hesperos, pensava alle cherubine.

Ne aveva viste tre con i suoi stessi occhi. Ne restava da localizzare soltanto una. Era nell'interesse di Angel assicurarsi che queste donne non si riunissero mai con gli arcangeli per cui erano state create. Se fosse accaduto qualcosa a una cherubina, o a tutt'e quattro, che avesse impedito loro di venire a conoscenza dell'amore dei quattro arcangeli prediletti, allora Angel sarebbe stata libera di restare sulla Terra. Ed era quello che desiderava.

In ogni caso, le cherubine erano preziose, ed erano persone, e Angel non era un mostro. Sapeva che ognuna di loro conduceva la propria vita con soltanto metà dell'anima che poteva avere. Ognuna di quelle preziose donne perfette era in realtà incompleta. Avevano bisogno degli arcangeli quasi con la stessa intensità con la quale gli arcangeli avevano bisogno di loro. Angel non poteva e non voleva impedire che quegli accoppiamenti si compissero.

In realtà, lei aveva sempre cercato di aiutarli. Non si spiegava perché. Probabilmente arcangeli e cherubine sarebbero riusciti a raggiungersi autonomamente senza problemi. Era il destino, d'altronde. Ma le pericolose creature magiche del mondo si stavano risvegliando. Sentivano che l'Apice era vicino come lo sentiva Angel. Era una vibrazione che si portavano nel sangue, un richiamo.

Le cherubine rilucevano come candele nell'oscurità, attirando a sé il pericolo. Proprio mentre Angel sentiva che la sua presenza sul pianeta era necessaria ancor più che in passato, ora che i mostri stavano tornando alla vita, le cherubine avevano più bisogno di lei. Erano l'incarnazione dell'innocenza e della bontà in un mondo in cui quelle virtù diventavano più rare ogni secondo che passava.

E non era tutto.

Angel sapeva che l'unico motivo per cui si trovava sulla Terra era perché vi erano state inviate le cherubine. Alla fine, tutto riconduceva a loro. Lei esisteva perché esistevano loro. E se fosse accaduto loro qualcosa... Angel si sarebbe sentita come se avesse perso una parte di sé stessa.

Esattamente come aveva promesso il Vecchio duemila anni prima, stava avvenendo tutto in quel momento. Le cherubine avevano l'età giusta. Alcune di loro si erano anche conosciute, in qualche modo. Non tutte erano consapevoli di avere poteri, per il momento, ma Angel era sicura che tutte li avrebbero scoperti a breve.

Doveva solo localizzare la quarta e ultima cherubina e poi avrebbe potuto spiarle finché gli arcangeli non le avessero trovate. La quarta rispondeva al nome di Rhiannon e abitava a New York, la qual cosa veniva a proposito: era proprio la città dove viveva il suo arcangelo predestinato. Angel aveva individuato la posizione della ragazza la sera precedente, nello stesso modo in cui aveva trovato le altre tre: in sogno. Un'ulteriore prova del fatto che quelle donne erano parte di lei. Innegabilmente.

Angel sospirò e scostò le coperte. Sarebbe stata un'altra notte impegnativa. Avrebbe dovuto teletrasportarsi a Manhattan. Era inutile perdere tempo prenotando un biglietto aereo. Doveva raggiungere Rhiannon il prima possibile e accertarsi che stesse bene. Da quando le bestie soprannaturali avevano iniziato a riemergere, per Angel era diventato evidente che preferissero le grandi città. Più gente, più caos. Non esisteva luogo più affollato e più caotico di Manhattan. E Angel aveva un brutto presentimento.

Le ci vollero solo quindici minuti per farsi una doccia e vestirsi, e qualche altro secondo per asciugarsi magicamente i capelli. Era più facile quando potevi scegliere come avere i capelli: corti, rossi o ricci... Bastava semplicemente decidere di averli asciutti.

Alle 19:30 nel fuso di New York, Angel era una donna alta, con i capelli nero corvino e gli occhi verdi, in piedi sotto un albero a Central Park. Come sempre, si nascondeva in una felpa a maniche lunghe con il cappuccio e la zip, jeans e scarpe da tennis. Era novembre e il clima era molto mite a New York per quel periodo dell'anno. Una brezza gentile leggermente più fresca del normale sfilò alcune ciocche dei suoi sottilissimi capelli dall'elastico con cui li aveva raccolti, ma lei non ci fece caso.

Come nel caso delle altre tre, il suo ultimo sogno le aveva rivelato l'esatta posizione della quarta cherubina. Ma questa volta c'era stato un insolito offuscamento, e in esso c'era qualcosa di preoccupante.

Il vento si alzò ancora mentre Angel si trovava sotto l'albero e alla fine dovette scostarsi i capelli dal volto, infilandoli sotto il cappuccio della felpa. La pressione atmosferica stava calando, lo sentiva tutt'attorno a lei. Guardò in alto e vide che al di sopra del profilo punteggiato di luci di New York andavano addensandosi delle nuvole. Il cielo della tarda serata si stava oscurando a una velocità innaturale.

Fuori da Central Park i pedoni affrettavano il passo nel crepuscolo. Qualche ritardatario che ancora percorreva il parco faceva di tutto per sbrigarsi. Generalmente, i newyorkesi non si lasciavano turbare da cose banali come il vento. Ma anche loro dovevano aver colto la stranezza che aleggiava nell'aria perché si precipitavano a testa bassa verso le loro destinazioni.

È Rhiannon, pensò Angel. Non aveva nessun dubbio. La cherubina poteva controllare il clima. Era uno dei loro quattro poteri primari: la capacità di influire sul tempo atmosferico, la telecinesi, il controllo sul fuoco e il potere di guarire. Angel si era chiesta spesso se le cherubine avessero quattro poteri perché gli arcangeli erano quattro e loro stesse erano quattro. Sembrava un numero di successo, ma erano solo congetture, e comunque non aveva importanza.

Qualunque fosse la ragione, le cherubine erano spesso responsabili delle burrasche improvvise, proprio come quella che si stava preannunciando. La cosa che preoccupava Angel era che il clima rifletteva quasi sempre le emozioni delle cherubine. E c'era una tempesta in arrivo. L'atmosfera era alterata.

«Andiamo, dove sei?» mormorò Angel con impazienza. Scrutò gli ultimi passanti sui sentieri del parco sempre più bui. Stava cercando una ragazza dai capelli rossi, mossi e lunghi. Era la caratteristica più immediatamente riconoscibile della quarta cherubina. Pochi secondi dopo, non avendo avuto successo nella ricerca, Angel abbandonò la sua postazione sotto l'albero per dirigersi rapidamente fuori dal parco e prendere la Central Park West.

Un fulmine squarciò il cielo a nordest e Angel si mise a correre. Mentre si precipitava lungo la strada si rese conto di aver commesso un errore. Aveva sognato un parco a Harlem e automaticamente aveva dato per scontato che si trattasse di Central Park. Ma c'era anche Morningside Park.

L'atmosfera si faceva sempre più apocalittica mentre imboccava la Cathedral Parkway per dirigersi verso Morningside Park. Inseguiva la tempesta, lasciandosi guidare dagli edifici rimasti al buio e dall'elettricità nell'aria. Il vento ululava quando si fermò di fronte al retro della cattedrale di San Giovanni il Divino. La cancellata di ferro nero che circondava l'enorme edificio era sormontata dal filo spinato e si ergeva alta e inquietante. L'enorme chiesa aveva un aspetto gotico e molto spettrale, in particolar modo ora che si stagliava contro la tempesta imminente. Lampi rilucevano dietro le alte guglie, seguiti da tuoni rapidi e spaventosi che facevano vibrare l'asfalto sotto i piedi di Angel.

Un altro fulmine squarciò il cielo, questa volta troppo vicino, e il tuono la fece istintivamente indietreggiare. Quel fragore mostruoso fu accompagnato da un grido di dolore all'interno delle mura della cattedrale.

Angel scattò, correndo verso il cancello per poi scavalcarlo, usando contemporaneamente la telecinesi per piegare il fil di ferro. Non era la prima volta, nel corso della sua esistenza incredibilmente lunga, che desiderava possedere il potere di volare, proprio come suggeriva il suo nome. Ma quell'abilità era oltre le sue possibilità e, malgrado tutti gli sforzi, mentre scavalcava e ricadeva saldamente in piedi dall'altra parte il metallo le graffiò la pelle attraverso i vestiti.

Un secondo vicinissimo fulmine sembrò spaccare l'universo a metà, un rumore di campane a morto per il funerale di un dio. Angel cercò di ignorare il dolore ai timpani mentre correva verso l'edificio di pietra fino ad arrivare a un portone di legno sovrastato da un arco che conduceva a una delle sette cappelle che decoravano la parte posteriore della chiesa e quindi al deambulatorio.

Il portone era chiuso a chiave, ma Angel riuscì in qualche modo ad aprirlo, usando ancora la telecinesi per forzare la serratura. Quest'ultima venne via facilmente e Angel aprì la porta.

Percorse la cappella e penetrò nella chiesa con un'ambigua sensazione di sollievo e trepidazione. La polvere e i detriti trascinati dal vento avevano iniziato a provocarle prurito, quindi fu felice di essersene liberata. Ma all'interno della chiesa regnavano una calma sinistra e un freddo soprannaturale.

«Iniziavo a chiedermi quanto ci avresti messo a farti viva... Angel.»

Angel rimase paralizzata e iniziò a guardarsi intorno, aguzzando gli occhi per scrutare in profondità gli angoli più bui di quell'enorme edificio. L'odore dell'incenso permaneva nell'aria fredda. Una luce tenue penetrava dalla bluastra vetrata rotonda alle sue spalle, ma non riusciva a fendere le tenebre.

«Chi è?» domandò Angel, e a quelle parole una nuvola di condensa si formò nell'aria gelida. La voce che aveva sentito era profonda e stridula allo stesso tempo, come fuoriuscita da una gola non completamente solida.

Incorporea, pensò Angel, preparandosi alla lotta.

La voce continuò, evocando l'immagine di un essere mostruoso che scuoteva la testa. «Sono deluso, Angel. Con tutto quello che ho sentito su di te, francamente mi aspettavo qualcosa in più.»

«Dov'è la cherubina?» domandò Angel. Fece un passo avanti nel deambulatorio verso il coro. Iniziava a sentire il corpo irrigidirsi per la violenza del freddo improvviso. La temperatura all'interno della chiesa doveva essere ben al di sotto dello zero.

Lo scricchiolio del ghiaccio confermò l'ipotesi, e Angel si concentrò su di esso. Girò su sé stessa risalendo con lo sguardo una delle pareti, in cima alla quale vide una bellissima ragazza dai capelli rossi e mossi appesa a testa in giù per mezzo di grossi cavi neri simili a quelli usati per gli impianti di illuminazione. Intorno alle caviglie sembrava avere delle manette di metallo. La cherubina era legata e imbavagliata, e sia le catene sia i cavi che la tenevano erano ricoperti di brina.

Angel ipotizzò che dovevano averle succhiato via ogni potere magico, altrimenti avrebbe usato la telecinesi da un pezzo per liberarsi. La tempesta che aveva inconsapevolmente provocato a causa della sua angoscia aveva probabilmente esaurito le sue forze residue. Per non parlare del freddo.

«Rhiannon» disse Angel sottovoce.

«Sta bene» fu l'indifferente risposta. Stavolta veniva da più vicino, a soli pochi metri da lei. Angel strinse gli occhi nell'oscurità e sollevò la mano, pronta a far apparire una sfera infuocata.

«Immagino che tutto sia relativo» rispose Angel con una battuta, pensando a come il sangue della cherubina le stesse pulsando nella testa. Almeno era viva.

Una risata nell'ombra la fece raggelare. «Sì, in effetti ha l'aria un po' stanca» continuò la voce. «Queste cherubine sono una razza tenace. Le ho dovuto fare di tutto per convincerla a stare ferma. Ma adesso farà la brava, credo. E comunque è servita al mio scopo.»

Voleva farmi venire qui, pensò Angel. Ha usato la cherubina per trascinarmi qui perché sapeva che l'avrei seguita. Era impossibile che qualcun altro sapesse tutte quelle cose, che qualcun altro sapesse così tante cose sul conto di Angel. Eppure, eccola lì. Evidentemente non era poi così impossibile.

«Mostrati» ordinò Angel.

«Se insisti.»

Angel fece due più due e capì cosa fosse quella creatura ancor prima che si fosse materializzata completamente. La sua natura incorporea, l'enorme potere che aveva dimostrato fino a quel momento, la temperatura artica dell'aria... Solo una delle entità paranormali possedeva tutte quelle caratteristiche.

I fantasmi.

9

Il fantasma le sorrise mostrando dei denti neri in netto contrasto con il bianco latteo del suo corpo. Era alto due metri e quando si inchinò per fingere un ironico rispetto, la sua pelle scivolò e si contorse come ricoperta da un sottile strato di nebbia. Angel non aveva mai visto un fantasma prima di allora. Ne aveva sentito parlare, certo. Dovevano sembrare i negativi dei mortali, anche se erano molto più alti di loro.

Il fantasma che aveva davanti aveva capelli bianchissimi lunghi fino alle spalle, simili alle piume di un uccellino, e gli occhi non erano che buchi neri senza fondo. Nonostante la natura quasi impalpabile della sua carne, sembrava fortissimo. Aveva il petto nudo e ampio, e il suo addome scolpito era adornato da stringhe di simboli arcani tatuati con un inchiostro bianco che riluceva come neon.

Angel si domandò all'istante come avrebbe fatto a sconfiggerlo. Non aveva mai incontrato un fantasma di persona, ma sapeva che potevano scomparire quando volevano, trasportarsi in spazi di qualsiasi dimensione in un batter d'occhio e che, con un solo tocco, potevano prosciugare tutta la forza dell'avversario, raggelandolo dentro. Non esisteva morte più terribile.

Bloccalo. «Perché sono qui?» domandò Angel.

«Perché lui ti vuole qui.»

«Chi?» chiese lei.

«Colui che conosce la tua identità. Colui che sa tutto, dal principio alla fine.»

Angel non aveva idea di cosa il fantasma stesse parlando. «Temo che dovrai essere un po' più preciso» fece lei, riuscendo appena a formulare la frase con chiarezza. Aveva la mandibola irrigidita dal freddo e non si sentiva più le labbra. «C'è un sacco di gente che pensa di sapere tutto.»

«Ah» disse il fantasma, scomparendo dal punto in cui si trovava per riapparire diversi metri a destra un attimo dopo. «Ma quelli si sbagliano» disse. «Lui no.»

«E tu cosa vuoi da me?» chiese lei. Mentre parlavano, Angel si sforzava di formulare qualche strategia d'attacco, ma il freddo rendeva difficile pensare e si ritrovava ancora senza un piano.

«Tu devi morire» le disse il fantasma. Non ci fu alcuna intonazione particolare nelle sue parole, stavolta. Si trattava di una semplice constatazione. «Così lui potrà vivere.»

Angel cercò di deglutire nonostante la rigidità della gola, ma era troppo secca. Le giunture iniziavano a dolerle. Il pavimento e i banchi della chiesa si stavano congelando. Angel non aveva mai amato il freddo. Adorava invece il sole, il caldo, la luce. Non voleva morire così. Di notte, congelata.

«Se mi devi uccidere, il minimo che tu possa fare è essere meno criptico» esplose. Il dolore la stava innervosendo e iniziava a diventare caustica.

Per tutta risposta, il fantasma sparì di nuovo. Questa volta, ci fu silenzio per alcuni secondi. Angel rimase immobile, cercando di captare la minima vibrazione nell'aria.

«Tu sei ciò che Samael cerca» disse il fantasma. La sua voce riecheggiò tra le mura della chiesa in modo estremamente inquietante. «Quindi tu sarai ciò che lui perderà.»

Angel rimase di ghiaccio, ma stavolta il gelo che la immobilizzava non aveva nulla a che vedere con la temperatura. Chiunque avesse inviato il fantasma sapeva di Samael. Sapeva di Samuel Lambent. Sapeva che, se Angel fosse stata annientata, Samael si sarebbe... indebolito. Le estreme conseguenze sarebbero state così devastanti che Angel non le volle neanche prendere in considerazione.

Chiunque avesse inviato il fantasma aveva paura di Sam. E in ogni caso non sapeva davvero tutto, in fin dei conti.

Angel percepì il fantasma materializzarsi dietro di lei appena un secondo prima che diventasse completamente solido. Si voltò e si lanciò contro di lui con tutta la forza che aveva, sapendo che era giunta la resa dei conti. Ora o mai più: solo uno dei due avrebbe lasciato la chiesa vivo.

Un enorme lampo di pura forza si scatenò dalla sua

mano tesa, raggiungendo il petto del fantasma e scagliandolo all'indietro attraverso la navata centrale della cattedrale. Una scia di qualcosa che poteva sembrare nebbia o foschia lo seguì finché, a metà della navata, il fantasma non scomparve di nuovo.

Angel digrignò i denti per la frustrazione. Decisa a non lasciare nulla al caso, scagliò un'altra ondata di energia. L'esplosione di quella forza invisibile scaturì dalle sue mani e si propagò attraverso le file di banchi scaraventandoli. Alcuni venivano rovesciati, altri si spaccavano sotto la forza dell'urto. Ma del fantasma non c'era traccia, e Angel non aveva modo di prevedere che quella creatura la stava per attraversare con la sua forma incorporea, graffiandola dentro come un artiglio ghiacciato.

All'improvviso si sentì molto debole. Le gambe le cedettero mentre avvertiva il respiro cristallizzarsi nei polmoni e il sangue congelarsi nelle vene. Il dolore era insopportabile e Angel si sentì mancare. Macchie luminose e nere si alternarono nel suo campo visivo prima che entrambi gli occhi decidessero di chiudersi.

Cadde in avanti riuscendo appena a sostenersi con le mani. Anche se la sua mente era precipitata nel caos della paura provocata dal dolore, il corpo aveva preso in mano la situazione e sapeva cosa fare. Cominciò ad autocurarsi, scongelandosi all'interno come un enorme termosifone. Probabilmente era la stessa cosa che aveva fatto Rhiannon. Tuttavia, Angel possedeva poteri che la cherubina ancora non aveva. Il fantasma non era l'unico in grado di teletrasportarsi e, secondo Angel, era molto meglio scappare e vivere per combattere ancora che morire ai piedi di un assassino.

Prima metti in salvo Rhiannon, si disse. Con uno sforzo enorme si sdraiò bocconi, rotolò sulla schiena e guardò in alto verso i cavi dai quali pendeva la cherubina. La ragazza aveva perso conoscenza. Molto probabilmente avrebbe avuto bisogno di essere guarita; Angel doveva preservare l'energia per farlo.

Se fosse riuscita a teletrasportarsi fino ai cavi, aggrapparsi a essi e usare la telecinesi per forzare le manette, avrebbe potuto afferrare Rhiannon e trasportare entrambe lontano. Mentre ripassava mentalmente l'operazione continuava a chiedersi se avrebbe avuto energia e destrezza sufficienti a portarla a termine.

Ce la posso fare, pensò intensamente. Chiuse gli occhi e focalizzò l'obiettivo, ma tutta la sua concentrazione venne spazzata via con crudele precisione nel momento in cui il fantasma sferrò un nuovo attacco, questa volta stringendole la gola nel suo pugno immateriale. La sollevò dal pavimento di pietra e la fece oscillare come una bambola di pezza. Angel fu di nuovo sul punto di perdere i sensi, di raggiungere quell'oscurità che avrebbe messo fine alla sofferenza, ma la sua forza di volontà era inesauribile.

Proprio mentre il ghiaccio cominciava a penetrarle attraverso la pelle nei muscoli e nelle ossa della gola e della mandibola, obbligò il suo corpo a entrare in modalità teletrasporto.

Il mondo tutt'attorno iniziò a vibrare, curvandosi appena come faceva sempre quando Angel si spostava attraverso spazio e tempo in un battito di ciglia. Poi tornò alla normalità, ma lei non era andata da nessuna parte.

Il fantasma aveva capito cosa stava per fare e aveva

vanificato il tentativo. Dal momento che anche lui era capace di teletrasportarsi, era riuscito a interferire con quel potere magico e a cancellarne l'effetto, ancorando Angel dov'era. Quell'avversario stava dimostrando, in modo veloce e quasi senza sforzo, perché quelli della sua specie erano considerati da millenni gli assassini del mondo soprannaturale.

È finita, pensò Angel, mentre la luce nella cattedrale iniziava ad affievolirsi. Non si sentiva più il corpo. Era un pensiero quasi rassicurante, eppure c'era ancora una piccola parte di lei che temeva per ciò che la sua morte avrebbe significato per il mondo. Stava per lasciarsi andare, e non aveva altra scelta.

Proprio mentre iniziava a spegnersi, sentì emergere la sua vera forma. Per la prima volta dopo venti secoli, Angel assunse l'aspetto con cui era stata creata. Quel cambiamento intralciò il potere del fantasma, lasciandolo di stucco.

«Eccola qua» disse una voce familiare da qualche parte in lontananza. Angel riuscì appena a sentirla, ma la riconobbe. Risuonava con una carica erotica ineguagliabile che avrebbe riconosciuto dovunque.

Avvertì confusamente che il fantasma la lasciava cadere. Colpì il pavimento di pietra con un tonfo sordo, non capendo se avesse sbattuto la testa o se si fosse rotta un arto. Non riusciva a distinguere le due cose; non sentiva nulla. Rimase distesa, in ascolto, mentre il suo corpo disperdeva energia curandosi autonomamente e i suoni iniziavano ad arrivarle con crescente chiarezza.

Non appena recuperò la sensibilità del corpo, il dolore si manifestò, e Angel prese a contorcersi agonizzante mentre le vene si riscaldavano, i polmoni tornavano a espandersi e la testa cominciava a pulsare.

L'abbondante flusso sanguigno nelle orecchie le attutiva l'udito. Sentiva rumori di colluttazione, schianti, il frastuono di qualcosa che veniva distrutto andando in frantumi. Qualcuno grugniva dal dolore, e poi un'altra voce emise un grido di sconfitta.

Si udì uno schiocco, poi il rumore di un risucchio; il silenzio che seguì fu interrotto solo dal respiro faticoso del sopravvissuto e dal riecheggiare degli stivali che battevano sul pavimento. Angel aprì gli occhi e vide il piano orizzontale del pavimento di pietra sotto la sua guancia. Passarono diversi secondi durante i quali sentì uno sferragliare di catene e poi qualcosa che cadeva e veniva afferrato al volo. Angel si sforzò di muovere le braccia, ancora anchilosate per il freddo, e si sollevò sui gomiti. Alzò la testa.

Quando ebbe finito di adagiare la cherubina su una delle panche del coro, Hesperos si voltò a guardare Angel. La raggiunse e si inginocchiò lentamente accanto a lei, gli occhi verde metallo che brillavano. «Quindi era questo che nascondevi» disse, quasi teneramente. Nel suo sguardo c'era una sincera ammirazione mentre le scrutava gli occhi, poi i capelli, poi di nuovo gli occhi. «È stata una fortuna per te che io abbia deciso di tenerti d'occhio, Angel» continuò tendendole la mano.

Angel la osservò. Aveva un profondo taglio sul polso sinistro che iniziò a richiudersi proprio mentre lei lo guardava. Gli Incubi erano una delle sole tre specie sulla Terra capaci di sconfiggere i fantasmi. I vampiri e gli arcangeli potevano farcela, ma gli uni erano elusivi e gli altri rari. Se il re degli Incubi non l'avesse spiata, il fantasma l'avrebbe sicuramente uccisa.

Angel gli afferrò la mano e, mentre le forti dita di Hesperos la stringevano, sentì un brivido che non aveva nulla a che vedere con il freddo. Il suo corpo continuò a curarsi mentre lui l'aiutava ad alzarsi in piedi. Aveva le gambe ancora instabili, ma non appena recuperarono le forze, Angel cercò di svincolarsi dalla presa dell'Incubo.

Non ci riuscì. Hesperos la teneva stretta e usava quella forza per premerla contro il suo corpo. D'un tratto, Angel si sentì invasa dal suo calore magnetico, che sciolse ogni residuo del gelo innaturale che le era stato inflitto dal fantasma. Fu come tuffarsi congelati in una pila di vestiti appena usciti dall'asciugatrice.

Angel non poté fare a meno di chiudere gli occhi. Riuscì a malapena a soffocare un gemito di piacere.

«So chi sei, Angel» le disse, abbassando la testa per sussurrarle nell'orecchio. «So *cosa* sei» aggiunse, accarezzandole i capelli incredibilmente lunghi e setosi. «Ma soprattutto, so da chi ti nascondi. Adesso conosco il tuo segreto, mio prezioso tesoro.»

Fece una pausa per permetterle di assimilare la tacita minaccia. Quindi strinse ulteriormente la presa, sollevò la testa per trafiggerla con i suoi occhi intensi e diede comunque voce a quella minaccia, tanto per essere sicuro. «Cosa sei pronta a offrirmi per mantenerlo?»

A seguire,
un estratto di *La forza dell'angelo*
il nuovo romanzo della serie
Gli angeli caduti

Prologo

Pensando a New York, naturalmente il primo parco che veniva in mente era Central Park. Di fatto Sam poteva riferirsi a qualsiasi parco al mondo, ma poiché Michele viveva lì e gli stupri sui quali stava indagando erano stati commessi a New York, l'arcangelo aveva la sensazione che quell'uomo enigmatico intendesse proprio quel luogo.

Digli di andare a fare una passeggiata nel parco.

Era quello che Sam aveva detto ad Azrael quando avevano stretto il patto che alla fine avrebbe privato Michele del suo potere di guarire.

Molti sostengono di aver trovato lì le risposte alle loro domande.

Era il primo di maggio e i giardinieri stavano lavorando senza sosta per potare le siepi, sfrondare gli alberi e fertilizzare fiori ed erba in tutto il parco. A quell'ora del giorno, nel tardo pomeriggio, c'era gente ovunque: dai bambini con i frisbee agli alcolizzati, fino ai tossici che dormivano all'ombra, ammesso che fossero ancora vivi.

Michele era in piedi in mezzo a un vialetto, accanto a una panchina, e scrutava la zona osservando attentamente ogni dettaglio. A qualche metro da lui, un chioschetto di hot dog riempiva l'aria di quell'odore di surrogato di carne e mostarda. I piccioni beccavano gli avanzi lasciati lungo la passeggiata principale e di tanto in tanto un cane al guinzaglio tentava di afferrarne uno.

Tutto sembrava normale.

Ma se negli ultimi duemila anni l'Angelo Guerriero aveva imparato qualcosa, era proprio che niente era mai normale come appariva. E con il tempo sarebbe stato chiaro.

Quindi fu con consumata pazienza che quel detective in borghese della polizia di New York si sedette su una panchina del parco, appoggiato contro lo schienale, con i sensi all'erta e le gambe incrociate all'altezza delle caviglie.

Passò un'ora. E poi un'altra.

Un uomo si sedette accanto a lui e gli fece una proposta oscena. Michele rifiutò garbatamente. Alcune donne gli sorrisero passandogli davanti. Un gruppo di ragazzine nella distesa verde di fronte a lui si resero ridicole nel tentativo di attirare la sua attenzione. Ma la maggior parte delle persone si teneva a distanza. Quell'uomo irradiava vibrazioni intense e metteva quasi paura. Forse si rendevano conto che era un poliziotto.

Forse riuscivano a intuire che non era umano.

Quando calò la notte, i lampioni che vibravano sulle teste dei passanti si accesero uno dopo l'altro, proiettando un alone tenue sulla passeggiata. Gli insetti si ammassavano intorno alle lampade e con il passare delle ore il loro numero aumentò. La gente iniziò ad andare via e la clientela del parco cambiò. Le famiglie erano tornate nelle loro case. Gli amanti camminavano stretti e alcuni si nascondevano sotto gli alberi o tra i cespugli.

Fecero capolino bottiglie d'alcol, nascoste nelle buste di carta marrone. Qua e là nell'oscurità si vedeva la fiamma di qualche accendino e Michele sapeva bene che non tutti stavano fumando sigarette.

Il poliziotto che c'era in lui poteva intervenire – anzi, avrebbe potuto –, ma tutte le generazioni che aveva trascorso al fianco degli umani gli avevano fornito una visione molto nitida del loro dolore e del bisogno che provavano di sfuggire a quell'angoscia. Era un diritto intrinseco di ogni vita cercare di andare avanti soffrendo il meno possibile. Soltanto quando le scelte di una persona ferivano qualcun altro, il sangue di Michele s'infiammava spingendolo a intervenire.

Il detective aggrottò la fronte e iniziò a rifletterci su. Erano trascorsi secoli da quando era al comando di un esercito angelico, ma la spada che all'epoca portava con sé aveva lasciato un segno sul suo palmo. Sebbene fosse invisibile, era lì, profondamente inciso nella carne, e dettava gran parte delle azioni che l'arcangelo compiva in qualità di poliziotto e di uomo. I suoi compiti erano proteggere e lottare, non aveva alcun dubbio al riguardo.

Ma era anche un guaritore, sebbene in quel momento quella sua magica capacità fosse nelle mani di Azrael. Quel potere non gli era ancora stato restituito e ciò era indubbiamente opera delle macchinazioni disoneste e misteriose di Samael. Chi poteva sapere che cosa avesse in mente il Caduto? Michele era dolorosamente consapevole del fatto che una parte di lui era scomparsa, e sperava soltanto di non doverne avere bisogno troppo presto.

Fece un respiro profondo, espirò silenziosamente e si alzò in piedi. Il sentiero proseguiva in entrambe le direzioni, approssimativamente identico. Ne scelse una e iniziò a camminare, con le mani nelle tasche della giacca di pelle, gli occhi e le orecchie spalancati per non farsi sfuggire nulla del mondo intorno a sé.

La notte si fece più scura, le ombre s'infittirono e il fogliame tutto intorno divenne più silenzioso. Gli stivali di Michele risuonavano duri e solitari. Una brezza fresca gli sfiorò il collo, sotto la nuca, e lui senza pensarci si tirò su il bavero.

Un rumore alle sue spalle attirò la sua attenzione. C'era qualcosa nell'aria, un qualche tipo di suono, e Michele si girò di scatto. Ma il sentiero era buio e deserto. Il vento notturno faceva oscillare delicatamente il ramo di un salice sopra di lui. Tutto il resto era immobile.

Ci fu un breve lampo blu alla sua destra e Michele si voltò, ma ancora una volta non vide nulla di inusuale. Quella verde distesa di prato che conduceva a un piccolo laghetto era quieta. Le ombre erano immobili e la luna proiettava un bagliore diafano su un campo d'elettricità statica.

Ma qualcosa non andava.

La pelle di Michele fremeva per quel cambiamento repentino nella notte. Era come se fino a quel momento avesse atteso di respirare e adesso si stesse riempiendo i polmoni di quel torbido miasma elettrico di magia. L'arcangelo si sentiva degli occhi puntati addosso. Riusciva quasi a percepire il sibilo dell'aria che filtrava attraverso dei denti affilati. Il sangue sembrava ribollirgli nelle vene, facendogli tornare in mente lo scontro che aveva avuto con il drago blu due settimane prima.

Intorno a lui si alzò il vento e un tuono rimbombò nel cielo, che fino a pochi attimi prima era terso. Michele alzò gli occhi e osservò le nuvole che si addensavano vorticando, fondendosi come un enorme tornado. Gli alberi reagirono a quel vento più intenso piegandosi sotto di esso, mentre le foglie tremavano e danzavano con fervore. Uno stormo d'uccelli si alzò da un boschetto poco distante, formando un nugolo di corpi neri che lasciava il parco diretto verso un luogo più calmo.

E poi, con una forza così inaspettata e violenta da cogliere impreparato perfino l'Arcangelo Guerriero, qualcosa gli piombò addosso, facendolo crollare di lato. Michele sentì una lieve scia di profumo e vide un lampo rosso, quando inciampò per poi recuperare l'equilibrio e voltarsi a guardare ciò che l'aveva colpito.

Avevo ragione, pensò. Ma fu un pensiero fugace, turbato e confuso. Davanti a sé aveva un uomo alto, con indosso una giacca di pelle nera decorata da innumerevoli zaffiri e acquemarine. Un drago blu.

Ma tra lui e il drago c'era qualcun altro. Una donna alta e slanciata, con un fisico atletico e tonico. Le onde dei suoi capelli rossi davano l'idea di essere state appena bagnate dall'acqua del mare. Quelle ciocche folte le arrivavano alla vita e, nella furia della burrasca, svolazzavano intorno al suo corpo. Indossava jeans neri, una maglietta scura e un paio di stivali.

Michele non poteva vedere il suo viso perché era di spalle, ma aveva un atteggiamento risoluto e sprezzante, e le braccia protese da entrambi i lati come se stesse per lanciare qualche incantesimo.

L'arcangelo era combattuto tra diverse reazioni, tutte ugualmente forti. Il fatto che quella donna l'avesse fatto scansare, come per proteggerlo da un uomo che chiaramente riconosceva come *qualcos'altro*, lo lasciava decisamente perplesso. Come poteva sapere che l'uomo in blu era tanto pericoloso?

Non era imponente quanto Michele e lui era armato: ogni centimetro del suo corpo lasciava intendere che fosse un poliziotto in borghese.

E cosa le faceva credere che sarebbe stata più abile di

lui a lottare contro quello sconosciuto? Chi credeva di essere?

Era questo a confonderlo maggiormente. Doveva capire chi era quella donna.

C'era qualcosa di decisamente familiare in lei, sebbene l'avesse vista soltanto di spalle, tanto che Michele ne rimase folgorato. Evocava tempeste, antiche promesse e secoli di ricerche.

Una parte di lui sapeva di che cosa si trattava, senza alcun dubbio. Aveva quella consapevolezza marchiata addosso. Ma per rendersene conto ci sarebbe voluto del tempo, sebbene loro ne avessero decisamente poco.

Quando Michele tentò di avanzare, correndo con l'intento di affrontare personalmente quel drago, la bestia colpì con la velocità incredibile della propria specie. Divenne subito chiaro che nelle sue mire non c'era Michele, ma quella donna: ignorò completamente l'arcangelo, senza degnarlo neppure di uno sguardo.

Un lampo squarciò la notte e l'avanzata dell'arcangelo venne fermata bruscamente quando un terzo corpo gli si scagliò contro. L'intento era di ferirlo, e quella forza brutale lo scagliò diversi passi indietro, contro il palo di un lampione. Il metallo si piegò sotto il suo corpo, gemendo mentre s'accartocciava su sé stesso. Sopra di lui la lampadina sibilò, quindi lampeggiò, e appena prima che si spegnesse Michele vide la donna dai capelli ramati piegarsi per schivare un colpo e poi saltare in aria per sferrare un calcio dritto contro il petto del drago.

Mentre Michele si rialzava, la lampada scoppiò e si spense, facendo piombare quell'area nell'oscurità. Da quel buio pesto provenivano i suoni di una terribile battaglia: colpi dolorosi, gemiti e sibili d'agonia. L'arcangelo si era appena rimesso in piedi, quando ciò che l'aveva colpito prima gli sferrò un nuovo attacco.

Dal tocco freddo, dall'improvviso gelo nell'aria e dal tanfo ghiacciato del suo respiro, Michele lo riconobbe immediatamente. I fantasmi un tempo venivano invocati soltanto dai membri più potenti della comunità sovrannaturale. Erano degli assassini d'élite, difficili da incontrare e quasi impossibili da ricompensare. Eppure ultimamente sembravano uscire a frotte dai nascondigli, radunandosi in gruppi straordinariamente numerosi e lavorando per un fine tanto elusivo quanto l'uomo che ne era al comando: Gregori.

C'era lui dietro l'attacco di quella sera?

Quando Michele con un solo colpo scagliò lontano il fantasma, non poté fare a meno di domandarsi se quella creatura e il drago stessero lavorando insieme.

Erano entrambi lì per quella donna?

Un improvviso dolore lancinante alla spalla destra fermò bruscamente ogni suo pensiero. Michele abbassò gli occhi e vide gli artigli di un secondo fantasma spuntargli dal petto. La maglia e la pelle intorno alla ferita aperta crepitavano di brina e carne, e il dolore era insostenibile. Serrò i denti per non gridare, quindi afferrò saldamente quell'appendice e cercò di strapparla via. Ma il fantasma fu più rapido e assunse sembianze incorporee prima che Michele potesse prenderlo.

Alla sua sinistra, la notte si spalancò e un terzo fantasma fece la sua inopportuna comparsa, strisciando verso Michele.

E per fortuita ironia, proprio in quel momento l'arcangelo vide arrivare sulla scena un quarto estraneo, che appostato per terra passò dall'invisibilità al suo più confortevole aspetto da goblin. Mentre si avvicinava a Michele, i suoi occhi da gatto riflettevano una luce magica. Era un Icariano, una 'sanguisuga', certamente attratto da tutta quella magia.

Se la sorte di Michele non fosse mutata rapidamente, si sarebbe trasformato nel pasto ideale.

Un fulmine precipitò al suolo ad appena cinquanta metri da lì, trasmettendo un silenzio rovente e vibrante alle orecchie dell'arcangelo. Subito dopo quell'esplosione, la testa gli parve gonfia, confusa e leggera. Ma il fantasma alle sue spalle gli strappò via crudelmente gli artigli dal petto, riportandolo subito in sé.

L'Icariano davanti a lui mostrò gli scintillanti denti candidi, strisciando affamato mentre il fantasma che l'arcangelo aveva scagliato via si rialzava da terra per avventarsi contro di lui. L'altro fantasma alla sua sinistra attaccò contemporaneamente, e quello alle sue spalle lo afferrò per il collo, trasmettendogli un gelo scoppiettante e crepitante lungo la schiena. Poco lontano, la donna che all'inizio aveva cercato di proteggerlo continuava a combattere la propria battaglia, muovendosi con una velocità e un'agilità incredibili. Era sorprendente che non fosse ancora morta.

Ma d'altro canto... era naturale che fosse così. Nel profondo, Michele comprese.

Ma se si fosse lasciato sopraffare dalla verità, la paura per lei l'avrebbe paralizzato... ed entrambi sarebbero morti.

Piuttosto, l'arcangelo lasciò che il proprio sangue intonasse quell'antica melodia. Ripensò a sé stesso, a chi era e da dove proveniva. Chiuse gli occhi e lasciò che quell'antica verità s'infondesse attraverso il suo corpo, come un elisir. Quando li riaprì, percepì il calore che emanavano. Il parco ruotava intorno a lui, mentre il suo corpo si muoveva autonomamente. Non era più lui a decidere le proprie azioni e il mondo sfuggì a ogni collocazione spazio-temporale.

Nel giro di pochi secondi, due fantasmi giacevano

morti mentre l'Icariano era diventato invisibile per la paura e si era allontanato furtivamente. Quindi Michele si preparò ad affrontare l'ultimo fantasma.

Il drago nero, che emerse dalle ombre davanti a Michele e al suo avversario, trasmise all'Angelo Guerriero un accenno di paura, quasi un sussulto dubbioso. Michele vacillò, si distrasse un istante e sentì un nuovo terribile dolore, quando al suo corpo venne inflitta una seconda ferita gelida e scoppiettante.

Ma non fu niente, paragonato al sobbalzo di terrore che lo paralizzò quando sentì urlare quella donna. Era un grido lacerante, pieno di sconfitta profonda, sincera e priva di ogni speranza. Quell'urlo riempì la notte e per un attimo la Terra smise di ruotare. Era il grido di una persona che stava per morire.

L'elettricità squarciò il cielo un'ultima volta, colpendo un albero lì vicino e spaccandolo in due. Michele non capì con esattezza ciò che accadde dopo. Ogni suono sparì. Il mondo fu avvolto da uno strano ronzio. Il tempo si fermò e la vita divenne sfocata. Michele d'un tratto si ritrovò intorno molte altre persone, dalle forme indistinte ma reali. La battaglia sembrò proseguire senza di lui, che con la propria rapidità sovrannaturale e quella terribile lentezza da sogno avanzava verso la donna, distesa tra il prato e il sentiero. I suoi capelli si riversavano sul cemento del parco, come una cascata di sangue luccicante.

Era voltata dall'altra parte e, per quella che parve un'eternità, Michele ancora non poté scorgerne il viso.

Poi s'inginocchiò accanto a lei, le sfiorò delicatamente il mento e in un solo istante comprese tutto.

Oddio.

Qualcosa lo strinse tra gli artigli. Era invisibile, l'arcangelo non poteva sentirlo, eppure era reale e concreto quanto il mostro contro cui aveva appena lottato. Gli serrò il petto, schiacciandogli il cuore in una stretta impietosa e trasmettendo alla sua anima un fremito d'emozione.

Quella donna era bella da togliere il fiato.

Aveva gli occhi chiusi, ma Michele sapeva che aspetto avessero.

Come se l'avesse sempre saputo. Conosceva ogni tratto dei suoi lineamenti delicati come se fosse stato egli stesso a disegnarli. Sapeva che suono che avrebbe avuto la sua voce, se mai avesse pronunciato il suo nome. E che cosa gli avrebbe trasmesso il tocco delle sue dita.

Sembrava un angelo.

Perché lo era.

«Rhiannon!» gridò la voce di una donna, e Michele si rese conto che tutto intorno a loro era di nuovo tranquillo. Il combattimento era cessato, la tempesta si era placata e le nubi si erano diradate. La luce della luna illuminava di nuovo il parco. Contro ogni suo desiderio, Michele riuscì a strappare lo sguardo dalla donna per alzare gli occhi.

Due persone si dirigevano verso di loro. Ne riconobbe soltanto una.

Hesperos, il re degli Incubi, stringeva il braccio di una ragazza dagli occhi e i capelli castani. Era ferita e lui sosteneva gran parte del suo peso, mentre la guidava fino a Michele e alla donna che aveva accanto.

Hesperos incontrò lo sguardo dell'arcangelo con un'espressione cupa. Per terra, intorno a loro, c'erano i corpi di vari draghi, fantasmi, spettri e un paio di Icariani. Erano stati aggrediti da un autentico esercito di creature sovrannaturali. Michele non aveva idea di come Hesperos e la sua compagna fossero riusciti ad arrivare lì proprio in quel momento, ma se non fosse stato così, lui sarebbe certamente morto.

Guardò di nuovo quell'angelo caduto accanto a sé.

«Rhiannon» ripeté la donna. Erano a sei metri da lui e si stavano avvicinando. «Deve essere curata.»

La mente di Michele si ritrasse sentendo la parola 'curata'. Lo trafisse come una lancia di ghiaccio, affilata e gelida, facendolo rabbrividire fino al midollo.

«Non posso» sussurrò. Non poteva curarla. Samael gli aveva sottratto quel potere e l'aveva dato ad Azrael. Michele aveva bisogno di una porta per teletrasportarsi molto lontano da lì. Ma era nel mezzo di un enorme parco e nei paraggi non c'era alcun tipo di portale. Non avrebbe potuto raggiungere in tempo i suoi fratelli e le loro mogli. Nonostante fosse molto veloce, avrebbe impiegato troppo tempo per raggiungere un'auto parcheggiata, arrivare fino alla villa e poi tornare indietro. Non era in grado di contattare nessuno che potesse curare la sua cherubina.

Quante erano le probabilità che una cosa del genere accadesse? Perché lì? Perché in quel modo? Era come se qualcuno lo stesse punendo. E se...

«Non posso farlo» disse di nuovo. E poi pronunciò il suo nome. Perché doveva dirlo almeno una volta, finché era ancora in vita, quando ancora poteva toccare il suo corpo vivo e stringerlo forte a sé. «Rhiannon.» Era un nome bellissimo.

Davvero perfetto. Proprio come lei.

Davanti ai suoi occhi, le labbra piene e rosa della donna divennero blu.

«È stata morsa dal drago!» gridò l'altra ragazza. «Ha dell'aria nelle vene!»

Michele aveva già compreso tutto. Aveva riconosciuto i segni sulla spalla di Rhiannon. Erano profondi e crudeli, e il colorito cobalto della pelle intorno a essi rivelava immediatamente la presenza del veleno. Le restavano appena un minuto o due di vita. E se fosse stato ancora in grado di curarla, avrebbe fatto perfettamente in tempo. Michele sollevò di nuovo lo sguardo su quella donna dai capelli castani, ma era rimasta pietrificata. Accanto a lei, anche Hesperos si fermò e la guardò. «Angel?»

Quegli occhi castani adesso erano spalancati. «Oh, no» disse lei, scuotendo la testa. Il suo sguardo scivolò da Michele a Rhiannon. «Oh, no» ripeté. «Non posso. Non posso curarla!» Aveva un'aria disperata, perfino affranta.

Michele si rese conto che doveva essere un'amica di Rhiannon.

Un'amica della sua cherubina.

«Michele, devi farlo tu» gli disse fermamente Angel. I suoi denti erano serrati per il dolore e la disperazione. Sembrava distrutta. Davvero distrutta.

Michele era troppo sconvolto per soffermarsi sul fatto che quella ragazza conosceva il suo nome. Sentì sé stesso dire di nuovo: «Non posso.» Ma quei suoni erano distanti. Sembrava che il suo corpo non si trovasse lì. Il petto gli doleva troppo: l'agonia stava invadendo tutto il suo universo.

«Devo andare» ripeté Angel, quasi singhiozzando. E poi, utilizzando un potere che Michele sapeva possedevano soltanto poche creature sovrannaturali, quella giovane donna si teletrasportò altrove. Un attimo prima era lì, e quello dopo al suo posto non c'era altro che aria, e Hesperos era solo.

Un istante dopo, anche lui sollevò il mento, con degli oceani di tristezza negli occhi, e scomparve.

Michele abbassò lo sguardo sulla sua cherubina. Il

petto della ragazza si sollevava lentamente... così lentamente... e poi non si mosse più.

«No» disse lui, con voce strozzata. Poi, come per rimediare a tutto ciò, strinse tra i pugni la maglia della ragazza, quindi gettò indietro la testa e gridò nella notte: «*Nooo!*»

«Davvero, Michele» disse una voce fredda e familiare nelle ombre di fronte a lui.

Michele tacque. Il suo corpo tremava per l'incredulità.

«Quanto la fai lunga.»

L'Angelo Guerriero vide emergere Samael dall'oscurità. Era alto, tranquillo, e come sempre vestito con il più bel completo su misura che i soldi o la magia potessero comprare. Aveva le mani in tasca, completamente a proprio agio. Dietro di lui c'era Jason, il suo assistente.

Samael gli rivolse un'occhiata, né amichevole né ostile, e poi sia lui che Jason spostarono lo sguardo sul corpo di Rhiannon, immobile.

«Devi curarla immediatamente, Michele, altrimenti perderai la cherubina che cerchi da secoli.»

«Figlio di puttana» sussurrò lui. «Morirò cercando di uccidere te.»

Sam parve non sentirlo, o semplicemente non badò alle sue parole. «Se ti sbrighi, mi pare che alla fine di quella strada ci sia un negozio di video hard aperto ventiquattr'ore su ventiquattro. Lì c'è una porta. Credo sia la più vicina.» Il suo sguardo tempestoso scivolò dal viso di Rhiannon a quello di Michele, per poi fissarsi su di lui. «Considerando quanto sei veloce, ci vorranno pochi minuti.»

Trascorsero degli istanti di silenzio. Il più significativo che fosse mai esistito. Michele non si era mai sentito tanto incline al suicidio, e la notte non era mai stata tanto buia.

«Oppure potrei curarla al posto tuo» disse Sam.

Le ombre drizzarono le orecchie. La luna si voltò per ascoltare. Il mondo rimase in attesa.

Michele raddrizzò la schiena, le guance umide, il cuore che gli sanguinava nel petto. *Ti prego,* lo implorò miseramente. «Ti prego» disse con voce tremante.

Il sorriso di Samael fu lento e completamente privo di gentilezza.

Fece un passo avanti, arrivò accanto a Rhiannon e poi si chinò elegantemente su un ginocchio. C'erano insondabili segreti oltre le nubi tempestose dei suoi occhi. Michele provò il terribile bisogno di strappargli i bulbi oculari dalle orbite per farli schioccare sotto i denti come caviale.

Ma la vita gli stava scivolando via dalle dita, dal pugno stretto e dalle nocche bianche in cui stringeva la maglia della sua cherubina. «Ti prego» disse di nuovo. Non c'era alcun orgoglio in ballo. Non per lui. Non più.

Per un istante, Samael sostenne ancora il suo sguardo, quindi inclinò di lato il bellissimo viso. L'acciaio dei suoi occhi scintillò sotto la luce della luna. «C'è un prezzo, Michele» disse. «Ma questo lo sapevi, non è vero?» Adesso il suo sorriso sembrava quasi triste. «Nella vita non si dà niente per niente.»

Michele non poté far altro che annuire. Una sola volta.

Samael posò la mano sul petto della cherubina e il respiro si fermò nei polmoni dell'arcangelo. Lo sguardo di Sam lo trafisse.

«Quindi, Angelo Guerriero,» disse Sam «quanto vale lei per te?»

Michele si ritrovò circondato dalla tempesta che si preparava nello sguardo del Caduto. Un vento pieno di incubi si faceva strada tra i suoi capelli, soffiava attraverso i suoi vestiti e sussurrava storie di uragani, onde di marea e terrore. Fantasmi e promesse infestavano quel grigio, ed erano tutt'intorno a lui. Non aveva scelta.

«Tutto.»

Tutto ciò che ho, tutto ciò che sono.

«Prendi pure tutto ciò che vuoi, Sam» continuò Michele, e ogni sua parola aveva il suono di un voto solenne. «Qualunque cosa tu voglia, è tua. Non mi importa più.» Non gli era mai importato. Non davvero. Non così. «Adesso scendi dal tuo piedistallo e salvala.»

Un sorriso distaccato si congelò sullo splendido volto di Samael, e il tempo rallentò.

«Ho già finito,» disse Sam un attimo prima di sollevare la mano dal petto di Rhiannon, che adesso aveva ricominciato a muoversi, per poi sbatterla su quello di Michele. «E anche tu sei finito.»

Michele sentì una scossa nel tocco di Samael, come se le mani del Caduto fossero fatte di fulmini anziché di carne. Lo attraversava con violenza, bianca, calda e dolorosa, bruciandolo da dentro.

«Tutto quello che ami, tutto quello in cui credi, tutto quello che ti è caro, oh favorito,» sibilò Samael «lo perderai qui e ora. Tutto ciò che detesti e che temi, tutto ciò che hai sempre ritenuto immorale diventerà il tuo fardello.» Samael si chinò in avanti, e Michele vide il suo volto stagliarsi netto nella nebbia gelida dell'inconcepibile dolore che stava provando. «La sorte è una puttana, Michele. E ora è la *tua* puttana.» Una risata cupa e maligna seguì Michele fin dentro al pozzo della sua dannazione. «Buona fortuna con la tua cherubina.»

L'agonia nel corpo di Michele arrivò al culmine e si riversò all'esterno, inglobando il mondo in una crepitante luce bianca, sovrannaturale e opprimente. Gridò, e la sua voce si perse nel boato delle urla nella sua mente e nella magia che Samael aveva scatenato con abile brutalità.

E poi la luce si ritirò, restringendosi come il sole al tramonto, condensando tutto il dolore in un solo punto da qualche parte vicino al suo cuore. La sentiva pulsare, sentiva lo spasmo della sofferenza a ogni battito, e infine aprì gli occhi.

Samael non c'era più. Jason non c'era più. Non c'era più nessuno, neanche Rhiannon.

Non aveva idea di quanto tempo fosse passato da quando Sam lo aveva toccato infliggendogli chissà quale maleficio. Non aveva idea di dove fossero tutti, ma di sicuro anche in questo c'era la mano di Sam.

Michele deglutì a fatica. Aveva una strana sensazione in bocca. Si sentiva la gola stretta, o gonfia, ed era quasi sicuro di avere in bocca un sapore metallico. Era solo a Central Park, circondato da un'immobilità inspiegabile e dal suono del battito del proprio cuore. Batteva più forte del dovuto. Aveva freddo. Era tardi, questo lo sapeva, ma quel freddo era innaturale e penetrante, un freddo che gli congelava le ossa e gli provocava ondate di pelle d'oca. Si sentiva come se avesse la febbre.

Ma lui era Michele l'Arcangelo Guerriero, e a lui non veniva la febbre.

Si incamminò nell'ombra verso l'uscita del parco, accompagnato da una risata sommessa e beffarda.

1

Rhiannon si svegliò avvolta da un sottile strato di nebbia bianca. Era molto densa, e quando lei la scostava per farsi strada, ritornava indietro ostacolandola, pesante e morbidissima. Stringeva gli occhi, gemendo al minimo movimento; tutto il corpo le doleva in un modo che non avrebbe creduto possibile. Era un dolore che andava ben oltre i muscoli, arrivava fino alla sua essenza, nel sangue, in ogni cellula.

Cercando di combattere il dolore, sollevò le gambe piegando le ginocchia e tornò a scostare la nebbia. Questa volta, quella sostanza si irrigidì al suo tocco e le scivolò tra le dita fino a cadere dal letto sul pavimento.

Rhiannon strizzò gli occhi, cercando di concentrarsi. La nebbia era una coperta. E lei si trovava a letto.

Nel *suo* letto.

A poco a poco, la stanza iniziò a prendere forma, dalle tende trafitte dalla luce del sole, al comò di palissandro sulla parete opposta, fino al guardaroba, le cui ante erano ancora aperte.

Rhiannon si toccò il viso e non fu sorpresa di sentire del calore irradiarsi dalla pelle ai polpastrelli. Doveva avere la febbre.

«Devo chiamare al piano di sopra» sussurrò, e poi sobbalzò per il dolore lancinante inviato al cranio dallo sforzo. «Cazzo» replicò automaticamente digrignando i denti per contrastare lo spasmo, e ancora una volta venne punita per aver parlato: la fitta acuta che sentiva si fece più straziante, penetrandole nel cervello ancora più a fondo.

Rhiannon si morse la lingua per non continuare a parlare, e si stava rigirando nel letto quando l'altoparlante sul comodino si animò emettendo segnali disturbati. Si voltò a guardarlo.

«Deduco che hai passato una nottata difficile, Numero Uno.»

Rhiannon avrebbe voluto roteare gli occhi, ma farlo avrebbe intensificato il dolore. Inoltre, chissà come era riuscita ad andare a letto indossando ancora le lenti a contatto, che si erano seccate e graffiavano. Se avesse ruotato gli occhi, una si sarebbe sicuramente incastrata nella palpebra.

«Lo puoi dire forte» rispose, irritata dall'essere costretta a parlare.

Dall'altoparlante si udì una risata. «Ti mando su un po' di caffè e tra qualche ora potrai raccontarmi tutto. Vieni a trovarmi, ho un altro lavoro per te.»

L'altoparlante tornò a tacere, e Rhiannon si rigirò sulla schiena per fissare il soffitto attraverso la fessura delle palpebre. Aggrottò la fronte sforzandosi di ricordare le ultime ore della sua vita, ma le immagini erano indistinte e torbide.

A volte succedeva. Il genere di creature che combatteva quotidianamente era spesso in grado di incasinarle la mente. Non era la prima volta che si svegliava con soltanto un ricordo vago di dov'era stata e di cosa aveva fatto la sera prima. Era ordinaria amministrazione nel suo particolare lavoro.

Ad ogni modo, era frustrante. Un buon terzo della sua vita sembrava essere fatto di ricordi onirici, confusi e non del tutto presenti.

«Il caffè mi farà bene» mormorò.

Qualche minuto dopo, era finalmente riuscita a uscire dal letto e a farsi una doccia relativamente veloce. Era più malridotta del solito, e quel dolore profondo non accennava ad abbandonarla, neanche mentre si insaponava. Desiderava davvero ricordare cos'era accaduto quella notte.

Aveva appena raccolto i capelli in un asciugamano quando sentì un leggero bussare alla porta. Diede un'ultima occhiata allo specchio del bagno per assicurarsi che la maglietta fuori misura che indossava nascondesse più ematomi possibili, quindi si trascinò a piedi nudi sulla moquette fino alla porta d'ingresso del suo appartamento al tredicesimo piano.

Sulla porta c'era uno spioncino, ma lei lo usava raramente. Ormai riconosceva il modo di bussare delle persone dall'altra parte. Questa volta si trattava di Emanuel, che portava anche la bibita. Un cappuccino di soia con una bella spruzzata di cacao. Quello, l'aveva capito dall'odore.

Rhiannon aprì la porta e trovò un uomo con un vestito dal taglio elegante. Era alto e snello e aveva la pelle scura, un sorriso smagliante e una folta chioma di un nero brillante. Il suo occhio sinistro era scuro, di un marrone intenso, e l'occhio destro l'aveva perso da anni. Ora portava una benda, sistemata in modo così esperto da riuscire a dare l'impressione che fosse nato con quella invece che con l'altro occhio.

«Grazie, Emanuel» disse Rhiannon mentre il ragazzo le porgeva un vassoietto con una enorme tazza fumante al centro. La schiuma del cappuccino era stata artisticamente decorata con il disegno di una calla. Le bevande arrivavano sempre con il disegno di un fiore diverso; la cuoca adorava prestare particolare attenzione alla presentazione, e in più era una giardiniera con una predilezione per i fiori. Il giorno prima, era stato un giacinto.

«Piacere mio, Miss Dante» disse lui accennando un inchino. «Posso farle preparare qualcosa da mangiare?»

Rhiannon sentì lo stomaco protestare al pensiero del cibo. A volte le accadeva quando provava molto dolore. «No, grazie. Prenderò una ciambella fuori.»

Emanuel annuì, fece un altro inchino e girò sui tacchi per poi dirigersi verso l'ascensore sul pianerottolo.

Quello dove si trovava era un palazzo di venti piani, e su ognuno di essi c'era più o meno un appartamento di quattro camere da letto. Che Rhiannon sapesse, Bess, la cuoca, viveva al primo piano con sua nipote Mimi e un cane, Strike. Al secondo piano c'era la casa di Emanuel. Il terzo piano era l'atrio. Il quarto apparteneva all'autista di Mr Verdigri, Alex. I piani dal quinto al decimo erano popolati da un mare di impiegati che Rhiannon non riusciva mai a tenere sotto controllo perché cambiavano in continuazione.

Emanuel, Bess, Mimi, Alex e il capo di Rhiannon erano le uniche vere costanti nell'edificio. Il capo di Rhiannon viveva al diciannovesimo piano, e al ventesimo non ci abitava nessuno. I piani dal tredicesimo al diciannovesimo erano vuoti, così come quelli tra il decimo e il tredicesimo. A Rhiannon era stato detto che era per ragioni di riservatezza, e il suo capo poteva certamente permetterselo.

Mr Verdigri era un enigmatico uomo eccentrico straordinariamente ricco che l'aveva assunta anni prima grazie alle sue doti uniche. Di come fosse venuto a conoscenza di tali doti, lei non ne aveva idea. E lui non l'aveva mai reso pubblico. Era una persona riservata, e Rhiannon sapeva bene che Verdigri non era il suo vero nome.

L'attico era sfitto e sempre pronto a ospitare benefattori di passaggio. Il suo capo sapeva lusingarli con lauti banchetti come nessun altro, in modo tale da assicurarsi il loro denaro. Forse era così che era arrivato a possederne tanto.

Rhiannon portò dentro il cappuccino e chiuse la porta. Sostò tra l'ingresso e il soggiorno e sollevò la tazza per bere. Notò che sul tovagliolo accanto alla tazza era stata lasciata una confezione di antidolorifici. Sorrise, scosse la testa e buttò giù un po' di cappuccino. Come al solito, era perfetto. Assaporò con calma le prime sorsate per poi dirigersi verso la sua stanza, lasciare la tazza sul comodino e il vassoio sul letto.

Prese la scatola di antidolorifici, la aprì e fece cadere due pillole direttamente in bocca, ingoiandole con l'aiuto di un lungo sorso del cappuccino che stava velocemente raffreddandosi.

Quando ebbe finito, si sporse in avanti e premette il pulsante sull'altoparlante. Non appena fu sicura che il capo si fosse messo in ascolto dall'altra parte, disse: «Come sapeva che avrei avuto bisogno di tutto questo, stamattina, Mr Verdigri?»

«Sapere le cose è il mio lavoro, Miss Dante. Non c'è di che.»

Rhiannon sorrise mentre l'altoparlante si spegneva. Si stiracchiò, e stava per dirigersi verso il guardaroba quando all'improvviso l'interfono sibilò ancora. Lei si fermò e guardò oltre la sua spalla.

«Rhee?» Questa volta era una vocina, e apparteneva a qualcuno che non avrebbe dovuto giocare con il sistema di interfoni.

Rhiannon sorrise a trentadue denti. «Mimi,» rispose «come sta la mia Maestra Pokémon preferita?» Afferrò un paio di jeans e una felpa dal guardaroba, prese intimo e calzini dal cassetto del comò, raccolse gli stivali Moma e si riavvicinò al letto per vestirsi.

«Ho truccato il sistema di interfoni così posso parlarti dal mio walkie-talkie» rispose Mimi. Bisbigliava, il che significava chiaramente che se ne stava nascosta da qualche parte nel palazzo e non voleva essere trovata. «Adesso posso cercare Zigzagoon. Se ne va sempre a zonzo.»

Zigzagoon era un tipo di Pokémon, un essere del tutto immaginario. Per tutti tranne che per Mimi, che viveva in un mondo popolato da X-Men, My Little Pony, personaggi di ogni genere e Tartarughe Ninja. Era un mondo molto tenero.

Una volta, Rhiannon aveva assistito a una conversazione in cui la zia di Mimi, Bess, le aveva detto che doveva farsi degli amichetti. Mimi rispose semplicemente: «Io ho già amici, solo che sono invisibili.»

«Strike è con te?» domandò Rhiannon. Si infilò gli stivali e si alzò in piedi, piegandosi in avanti per togliersi l'asciugamano dalla testa.

«Sì, è qui. Sta facendo il bravo cagnolino silenzioso, non è vero, piccolo? Sì... sei un bravo cagnolino...»

Rhiannon prese un altro lungo sorso di cappuccino e staccò l'iPhone dalla presa di corrente per poi infilarlo nella borsa a tracolla.

«Mi puoi aiutare ad allenarmi oggi?» chiese Mimi.

«Credo di riuscire a ritagliarmi un po' di tempo per darti una bella lezione nel cortile» rispose scherzosamente Rhiannon. «Ho uno Xerneas adesso.»

«Non è vero!»

«Sì, invece. Quindi preparati per una nuova Maestra Pokémon.»

L'interfono crepitò un po' mentre Mimi emetteva suoni di sorpresa e frustrazione e poi spegneva il suo walkie-talkie. Rhiannon si diresse verso la porta d'ingresso.

Due minuti e dieci piani dopo, usciva dall'ascensore e camminava nell'atrio dell'edificio. Era sempre lì che incontrava il suo capo. Mai altrove.

D'un tratto, un'ondata di aria calda e umida la investì, ma ormai ci era abituata. All'inizio, anni prima, lo sbalzo di temperatura la faceva iniziare a sudare improvvisamente. Adesso se ne accorgeva appena.

Le porte dell'ascensore si richiusero alle sue spalle, e poi una seconda coppia di porte si aprì davanti a lei, pesanti battenti di legno che funzionavano con un timer elettrico. Rhiannon aspettò che si separassero a sufficienza e attraversò l'uscio per ritrovarsi nell'enorme spazio dall'altra parte.

Ad accoglierla, una serra di enormi proporzioni, ricolma di denso terriccio scuro dal quale si ergevano enormi piante tropicali che crescevano fino ad altezze impressionanti e con sentieri di cemento che facilitavano il passaggio.

Farfalle di ogni colore svolazzavano libere tutt'attorno. Generazioni di centinaia di specie di quegli insetti dai colori brillanti avevano vissuto lì, almeno da quando Rhiannon ci risiedeva e lavorava. Il suo capo era un appassionato di farfalle. Esattamente come lo era stata sua figlia.

Il farmaco che aveva preso stava incominciando a fare effetto quando Rhiannon s'incamminò tra quella foresta pluviale al chiuso, dirigendosi verso un minuscolo gazebo giallo al centro. Il capo l'aspettava lì come sempre, sorseggiando lentamente un cocktail alla menta. Era l'immagine sputata di un distinto signore del

Sud, dal vestito bianco, ai folti baffi canuti, ai mocassini immacolati. Aveva sempre ricordato a Rhiannon una versione vivente di Mark Twain.

E proprio come un distinto signore del Sud, quando la vide avvicinarsi posò il suo drink e si alzò in piedi, indicandole di accomodarsi su una sedia dall'altra parte del tavolo di vetro rotondo sul quale c'era una cartellina marrone. Rhiannon la ignorò, sapendo che l'argomento sarebbe presto saltato fuori.

Il cameriere, che fino a quel momento se ne era stato in disparte, la raggiunse immediatamente. Rhiannon si sedette, ordinò un tè freddo senza zucchero con molto ghiaccio ed estrasse tre bustine di dolcificante dal vassoio dei condimenti da mettere nella sua bibita quando fosse arrivata. Odiava assumere calorie dalle bevande, a meno che non si trattasse di caffè, ma detestava anche le bibite amare. Era il suo compromesso.

«Sembri un po' più malconcia del solito» disse Verdigri con la sua voce gradevole e un po' roca.

«Già, anch'io mi sento così» ammise lei dolcemente ricambiando il suo sguardo. Aveva gli occhi verdi, e pur non essendo i più severi che Rhiannon avesse visto, erano di un chiaro color smeraldo che smentiva la sua età. «Mi piacerebbe ricordarmi perché.»

«Mmm» fece lui. «E, come immaginavo, hai scelto di non usare il tuo potere guaritore su te stessa.» La sua voce era gentile e il suo sguardo leggermente canzonatorio, ma Rhiannon capiva che era preoccupato per lei. Era contenta che il suo abbigliamento nascondesse i lividi.

«Sopravvivrò» lo rassicurò. «Te lo prometto. E quegli antidolorifici stanno facendo un ottimo lavoro.»

Lui la studiò per qualche istante, poi prese un altro sorso del suo Mint Julep. «Ad ogni modo, preferirei che tu vedessi Newton, oggi, prima di partire.»

Il dottor Abraham Newton era il medico personale di Verdigri. Pertanto, era anche quello di Rhiannon.

Rhiannon era brava nel suo lavoro, e a volte quello significava anche fare cose che semplicemente non aveva voglia di fare. Non le piacevano i dottori, benché Newton fosse sempre stato tanto empatico quanto qualunque altro dottore. Ma il suo lavoro prevedeva anche quel genere di cose. Così acconsentì.

Verdigri sembrava felice di poter cambiare argomento. «Ti ricordi come sei tornata a casa la scorsa notte, Miss Dante?» domandò. Il cameriere tornò e depose il bicchiere di tè freddo davanti a lei.

Rhiannon si accigliò. No, non se lo ricordava. Eppure... «Ero... ero in un parco... o qualcosa del genere. Un attimo prima ero lì...» Fece una pausa, così assorta nei suoi pensieri che non si rese neanche conto di aver cominciato a versare il dolcificante nel tè. «E quello dopo mi stavo svegliando nel mio letto.»

Verdigri annuì e si accomodò meglio sulla sedia, incrociando le gambe. Guardò le farfalle che li circondavano, accennò un sorriso tra sé e sé e disse: «Nessuno ti ha vista entrare, e le telecamere non ti hanno ripresa. È un mistero per tutti noi che tu ti sia svegliata nel tuo letto, stamattina.»

Rhiannon si raddrizzò sulla sedia. «Le telecamere non hanno ripreso niente?»

Sapeva che molti degli esseri sovrannaturali là fuori potevano incasinare la mente della gente. Ma potevano addirittura sfuggire alla vista?

«Nulla.» Una grande farfalla azzurra si posò sulla punta della sua scarpa bianca dal ricamo scozzese, e l'espressione di Verdigri si fece più distante. Rhiannon sapeva dove andava in quei casi. Nel passato. Per stare con la sua bambina.

Gli lasciò qualche secondo e poi, nel modo più educato possibile, disse: «È possibile che non sia rientrata da sola. E chiunque mi abbia riaccompagnato aveva il potere dell'invisibilità. Può darsi anche che... che ci siamo teletrasportati fin qui. O che ci siamo spostati attraverso una sorta di portale.»

«O attraverso le ombre» aggiunse lui pacatamente. La sua voce, come il suo sguardo, era distante.

Quella era un'eventualità che Rhiannon non aveva considerato. E sollevava moltissime nuove questioni. Perché qualcuno avrebbe deciso di portarla a casa piuttosto che ucciderla? Le tipologie di creature che potevano muoversi attraverso le ombre non erano note per la loro natura generosa.

«Hai detto di avere un altro incarico per me?» domandò, decisa a cambiare argomento e tornare al lavoro.

Verdigri sospirò profondamente. «Sì, esatto.» Guardò la cartellina sul tavolo che aveva turbato Rhiannon da quando era arrivata.

Lei si affrettò a prenderla e l'aprì.

«Si tratta di diverse donne e quattro ragazzine, dai nove ai quattordici anni» le disse Verdigri mentre lei scorreva le informazioni contenute nel documento. «Dovrai semplicemente infiltrarti nell'edificio che troverai in quella cartellina.»

Il cuore di Rhiannon incominciò a pompare mentre scorreva il fascicolo. Sentiva cortisolo e adrenalina pervaderle il flusso sanguigno. Il documento riguardava casi di donne che erano state tenute prigioniere e vendute clandestinamente come schiave sessuali. L'edificio dov'erano state relegate si trovava a Chicago.

Rhiannon si era già occupata di casi come quello. Era per questo che lavorava per Verdigri. Anni prima, lui era venuto a conoscenza delle sue abilità e l'aveva contattata. Il primo incontro era stato molto strano, Rhiannon si era sentita sopraffatta. Non aveva idea di come lui avesse scoperto i suoi poteri e la cosa l'aveva terrorizzata. Ma c'era qualcosa in quell'uomo, nei suoi modi gentili, e in particolar modo nella causa per cui stava combattendo, che l'aveva convinta. Da allora era stata alle sue dipendenze.

Trent'anni prima, Mr Verdigri aveva perso la figlia in un losco affare sessuale. Una settimana dopo il suo ventisettesimo compleanno era scomparsa. Un mese dopo fu ritrovato il corpo. Era stata gettata in un fosso appena fuori Las Vegas.

Quell'evento traumatico condusse alla morte della moglie di Verdigri, una bellissima donna messicana di cui, si vedeva benissimo ancora adesso, il capo di Rhiannon era perdutamente innamorato. Erano anime gemelle.

Dalla morte della moglie e della figlia, Verdigri aveva dedicato la sua vita e il suo lavoro a salvare più ragazze possibili da un mondo che sembrava determinato a distruggerle nella loro essenza.

Verdigri era abilissimo a raccogliere fondi, ma Rhiannon non sapeva da dove venisse la maggior parte di quel denaro, e francamente non se ne curava. Lavorava per rendere il mondo un posto migliore, missione dopo missione.

Rhiannon chiuse la cartellina e la prese con sé. «Grazie per il tè. Me ne occuperò immediatamente, ma c'è una cosa che devo fare prima di partire.»

«Ah, sì, Miss Mimi mi ha accennato di qualcosa circa una battaglia.»

Rhiannon sorrise. Si voltò per andare via, ma facendolo aggiunse: «Sarò di ritorno domani notte.»

I verdissimi occhi di Mr Verdigri la inchiodarono lì

dov'era, dall'altra parte del tavolo. «Vedi di farlo» le disse. Era un ordine, anche se non lo sembrava. E rivelava a Rhiannon qualcosa che non era emerso dal fascicolo: questo lavoro era pericoloso. Forse talmente pericoloso da far temere che non riuscisse a tornare.

Rhiannon incassò il colpo e fece per andare via quando il capo aggiunse: «Venerdì sera ci sarà un ballo in maschera in onore di un potenziale nuovo benefattore della Swallowtail Foundation. Mi aspetto che tu ci sia, naturalmente. Ti vuole conoscere.»

La Swallowtail Foundation era la copertura sotto la quale Mr Verdigri conduceva tutte le sue operazioni. L'aveva chiamata così in nome della specie di farfalle preferita di sua figlia, la Swallowtail viola.

Rhiannon gli lanciò un'ultima occhiata oltre la spalla. Era martedì. Aveva due giorni per portare a termine il lavoro. «Ci sarò, con le scarpe da ballo e tutto.»

Sul volto di Verdigri si allargò un gran sorriso. Ridendo disse: «Adoro una donna che sa ballare!»

2

Non riuscì a vedere il suo volto. Non ci riusciva mai.

Questi sogni che faceva adesso, dopo centinaia di anni di tenebra e silenzio, erano allo stesso tempo la tortura e il piacere smisurato delle sue ore notturne. Chiunque fosse, quella donna lo tormentava. Sentire la sua presenza lo eccitava, lo provocava e alimentava in lui il desiderio di quella carne talmente arrendevole e perfetta da sfidare la realtà. I suoi capelli setosi gli accarezzavano il petto come piume. Era calda, vera e dolce. Era forza e passione insieme, e abbandono.

Aveva il profumo delle prime gocce di pioggia, pulite e rassicuranti. Aveva il suono di tenui sospiri e gemiti delicati. Ansimava a ogni tocco, e dopo il suo cuore batteva fortissimo e Sam era in paradiso. E all'inferno.

Anche quella mattina si svegliò tra le lenzuola umide, con il respiro affannato e stringendo tra i pugni qualcosa che non c'era più. Quella precedente era stata una lunga notte.

Appena giunto a Central Park, dove sapeva che Michele avrebbe affrontato un mucchio di 'brutti ceffi', Sam era rimasto colpito da qualcosa di strano. Aveva percepito qualcosa nell'aria che non aveva mai sperimentato in vita sua. Un profumo nel vento, la traccia di un ricordo. Fu come sentire setose ciocche di capelli scivolargli tra le dita. Quella sensazione l'aveva scosso. Non abbastanza da darlo a vedere, certo. E sicuramente non abbastanza da impedirgli di fare la cosa per cui era lì.

Però era penetrata nella sua mente e vi aveva piantato il seme del dubbio.

Una volta che ebbe risolto la faccenda dell'Arcangelo Guerriero, aveva lasciato i compiti meno importanti al suo assistente, Jason, e aveva fatto ritorno a Chicago.

Era andato a letto molto tardi. Solo. Con in testa i semi di quel dubbio che ormai erano cresciuti fino a diventare alberi. E poi, come al solito, l'aveva sognata. *Lei...* chiunque fosse. E ancora una volta, gli era scivolata tra le dita. Sparita. Come il vento.

Sam avrebbe voluto sfogare tutta la sua rabbia, la sua disperazione, e precipitarsi indietro nel sogno. Avrebbe voluto entrare in coma e arrendersi all'oblio, se solo ciò gli avesse restituito la speranza di averla nel suo letto ancora una volta.

Si tirò su a sedere in quella vasta superficie piana, fatta di lenzuola di seta e promesse, e serrò forte gli occhi per respingere il mondo reale e tutto ciò che non fosse il suo sogno, per poi stringersi i capelli biondo cenere tra i pugni. Perdeva una parte di sé ogni volta che una notte come quella si ripeteva. Ogni volta che il sole tramontava, un pezzo di lui scivolava via.

O forse... forse era qualcos'altro.

Samael riaprì gli occhi e sbatté le palpebre, sentendo il petto tremante prudergli all'idea che potesse essere qualcos'altro. Forse non stava perdendo sé stesso.

Forse una parte di sé era già andata perduta. Da molto tempo. E forse ora stava per ritrovarla, finalmente.

***

Il rosso dietro le palpebre di Michele si fece ancora più intenso e brillante e, mentre cercava disperatamente di nuotare verso la superficie lasciandosi alle spalle le profondità del potente sonno in cui era intrappolato, iniziò a prudergli la pelle. Il prurito si trasformò in una sensazione dolorosa, che non tardò a diventare un bruciore in costante aumento.

Emise un sibilo e cercò di sollevare il braccio per coprirsi gli occhi e ripararsi dal sole, ma il primo tentativo fallì. Il suo corpo faceva fatica a reagire agli stimoli.

Fugaci paure di paralisi e sospetti frammentari di ferite mortali si avvicendavano nella sua mente. Riprovò con tutta la forza che aveva e stavolta riuscì a portarsi il braccio destro al volto.

Il sole cessò di bruciargli il cervello ma le scottature sulla pelle iniziavano a diventare decisamente dolorose. Digrignò i denti e cercò di rotolare. Avvertì una puntura al labbro inferiore e sentì sapore di sangue.

Che diavolo, pensò. Il suo corpo proprio non voleva collaborare. Muoviti, dannazione!, ordinò. Si girò sul fianco destro, ma lo sforzo fu talmente intenso da sembrare un sollevamento pesi. Quando alla fine riuscì a tirarsi su a sedere, con gli occhi ancora chiusi e le braccia sollevate all'altezza del volto, i muscoli gli bruciavano quanto la pelle e il dolore aveva iniziato a penetrargli nel cranio.

Ora quei sospetti di ferite mortali erano diventati campanelli d'allarme che suonavano più forte e convulsamente che mai, aumentando la sua crescente agonia.

Qualcosa non va. Michele si alzò in piedi con uno sforzo che fu un ulteriore sollevamento con un bilanciere da cento chili sulle spalle. Barcollò fuori dal letto, cercò di raggiungere il bagno e, quando fallì, una sconcertante confusione si unì al già insopportabile dolore.

Tuttavia continuò a muoversi, ma dopo pochi secondi si ritrovò a cadere in ginocchio su un malridotto pavimento di linoleum e a calciare la porta dietro di sé per chiuderla e schermare il sole.

Silenzio e fredda oscurità lo incatenarono come uno schiavo. Michele si appoggiò al muro del bagno e respirò. Dentro, fuori... uno... due...

Nel giro di pochi secondi il bruciore sulla pelle diminuì, la testa si liberò e lui fu in grado di aprire gli occhi. In quel momento si rese conto di molte cose.

Non era mai stato in quel bagno, prima. Non c'era da stupirsi, quindi, che non fosse riuscito a trovarlo un attimo fa. Probabilmente non era mai stato neanche nella stanza oltre la porta, né nel letto nel quale si era svegliato.

Un'altra cosa di cui si rese conto fu che tutto ciò che guardava, ora, era nettamente distinguibile. Il lavandino di porcellana ingiallita, il pavimento sudicio e i muri scrostati, la tenda della doccia piena di muffa... era tutto molto chiaro, era come aver indossato un nuovo paio di occhiali e tornare ad acquisire all'improvviso la vista perfetta senza aver minimamente sospettato di aver avuto problemi fino a quel momento.

Gli odori erano altrettanto distinguibili. Sfortunatamente.

L'ultima cosa di cui si rese conto, e probabilmente la più inquietante, era la ragione per cui aveva sentito una puntura al labbro inferiore: aveva una lunghissima, affilatissima coppia di zanne.

Michele chiuse gli occhi, che ora vedevano oltre il normale, e si portò la mano alla fronte. Aveva la pelle arrossata, calda contro il palmo fresco. Sembrava quasi scottata. Istintivamente spinse la schiena contro il muro del bagno facendo leva per alzarsi in piedi.

Due passi appena e si ritrovò aggrappato al bordo del lavandino a strizzare gli occhi. Lo stordimento e la debolezza andavano e venivano a ondate. Riuscì a vincerle, sollevò la testa e aprì gli occhi.

A ricambiare il suo sguardo, uno sconosciuto.

Michele strinse la presa sul bordo del lavandino e una sottilissima crepa percorse la porcellana. Il bianco dei bulbi era scomparso per lasciare il posto a un nero intenso che sottolineava le iridi come accadeva per gli occhi dei lupi. Le pupille erano ristrette, anche nella penombra del bagno con le imposte chiuse, e al centro avevano screziature rosse di luce, tremolanti come la fiammella di una candela.

La sua pelle, dapprima abbronzata grazie alle numerose ore di lavoro all'aperto, era ora pallida in alcuni punti e coperta di dolorose chiazze rosse in altri. Vedeva le scottature guarire velocemente, ritirandosi per lasciare la cute perfetta ma di uno strano pallore. I capelli, anch'essi precedentemente sfumati dal sole, si erano scuriti di diverse tonalità.

E poi c'erano quelle zanne. Le aveva tastate con la lingua, ma vederle allo specchio era tutta un'altra cosa.

È un sogno.

Ma sapeva che non lo era.

Non è possibile.

Ma sapeva che lo era.

Ora ricordava: mentre se ne stava lì a fissare il riflesso inquietante dell'uomo che credeva di conoscere, gli ritornò in mente tutto quello che era accaduto la notte precedente a Central Park. Rhiannon. I fantasmi. I draghi. La sconosciuta e Hesperos.

Samael.

E l'accordo che Michele aveva stipulato con il Caduto per salvare la sua cherubina.

Tutto quello che ami, tutto quello in cui credi, tutto quello che ti è caro, lo perderai qui e ora. Tutto ciò che detesti e che temi, tutto ciò che hai sempre ritenuto immorale diventerà il tuo fardello.

Un'atroce consapevolezza lo investì. All'improvviso comprese ogni cosa e fu sicuro di ciò che aveva fatto Samael.

Mi ha trasformato in un mostro.

Quel figlio di puttana aveva un debole per quel genere di cose, trasformare la gente in vampiri. Uriel ne era un perfetto esempio. Sam l'aveva fatto diventare un vampiro per aver infranto un patto verbale. E ora aveva fatto la stessa cosa a Michele per una identica forma di vendetta.

Gli aveva rifilato le zanne e l'ipersensibilità al sole.

Una fitta di desiderio gli lacerò il ventre, violenta e acuta, e la bocca gli si riempì di saliva. *Ah, già, ecco quella deliziosa sete di sangue.* Fu sorpreso di non essersela aspettata.

Così sono un vampiro.

Ma... no. C'era qualcosa in più.

Michele scoprì le zanne e aggrottò le sopracciglia. C'era qualcos'altro. *Tutto ciò che detesti e che temi, tutto ciò che hai sempre ritenuto immorale...*

Cosa detestava Michele? Non i vampiri. Di sicuro non odiava suo fratello.

Azrael era il re dei vampiri, il primo vampiro mai creato, e il signore e padrone di tutti i vampiri che attualmente popolavano il pianeta. Azrael era stato anche l'Angelo della Morte e uno dei quattro favoriti, gli arcangeli che erano venuti sulla Terra alla ricerca delle loro cherubine duemila anni prima. Era il fratello di Michele. E Az non aveva mai fatto nulla perché Michele potesse odiarlo.

Cosa odiava? Cos'era che aveva sempre ritenuto immorale?

Scrutò l'immagine nello specchio più da vicino, cercando le risposte a quelle domande.

Le fiamme al centro delle sue pupille si agitavano, gettando il resto degli occhi sinistramente vividi nell'ombra, e uno degli angoli della bocca si deformò in un sorriso che aveva qualcosa di... malvagio.

Malvagio. Ora riconosceva il volto davanti a sé. Aveva visto un sorriso simile in passato. Conosceva l'uomo a cui apparteneva. Proprio la notte prima, Hesperos, il re della loro specie, era accorso in aiuto di Michele durante la battaglia a Central Park.

E lui sapeva.

Michele non era più un'entità unica, ormai. Non più l'Arcangelo Guerriero, ma una fusione, un mostro di Frankenstein, una bestia. Era in parte vampiro... e in parte Incubo.

Sei davvero bravo, Sam.

Michele era stato sulle tracce di uno stupratore seriale che aveva disegnato un sentiero di seduzione attraverso le strade di New York e che sapeva essere proprio un Incubo. Quell'uomo aveva distrutto coppie, matrimoni, vite. Lo aveva sovranamente fatto incazzare.

Tutto ciò che detesti e che temi, tutto ciò che hai sempre ritenuto immorale.

«Figlio di puttana.»

Ma quelle parole non suonarono tanto veementi quanto avrebbero dovuto. Al contrario, la sua voce suonò vagamente divertita. Quando parlava, lo faceva con una punta di trepidazione.

La fame del vampiro dentro di lui si faceva più forte, come anche altre esigenze. Samuel Lambent, altrimenti noto come Samael, credeva indubbiamente di aver creato in Michele il simbolo di tutto ciò che quest'ultimo disprezzava: il predatore che si nutriva di innocenza e bellezza.

Ma aveva agito troppo in fretta. E aveva commesso un grosso errore.

Michele rise. Il suono della risata provenne direttamente dal profondo del suo ventre in tensione e risalì il suo ampio petto come una magia risonante e malvagia. E lo era davvero. La risata di un Incubo poteva infilarsi sotto la pelle di una donna come una droga. Poteva avvolgerla come funi di seta. Il suo tocco poteva far crollare ogni inibizione che una donna avesse cercato di proteggere per tutta la vita.

E il morso di un vampiro avrebbe potuto condurla ovunque lei avesse mai desiderato.

Un Incubo e un vampiro insieme? Michele sorrise e, nonostante tutto, era un sorriso decisamente seducente. Aveva qualcosa di pericoloso... molto pericoloso. Ma si trattava di un pericolo affascinante, conturbante e irresistibile.

Samael era riuscito a fare un passo falso, per una volta. Voleva punire l'Arcangelo Guerriero, indebolirlo, costringerlo a odiare sé stesso. Probabilmente si aspettava che Michele si andasse a nascondere in un buco, strisciando, e vivesse lì il resto dei suoi giorni eterni come qualcosa da disprezzare.

Ma in realtà Sam non aveva fatto altro che dargli un dono sbalorditivo.

«Ora dobbiamo assicurarci di ringraziarlo in modo adeguato» disse Michele, con quella stessa voce resa così deliziosamente migliore dalla tenebra, che riempiva l'aria di oscurità e promesse. Voltò le spalle allo specchio, e con la sicurezza tipica di ciò che era diventato, oltrepassò la porta del bagno: la *attraversò*, usandola come portale.

Il portale lo condusse a incredibile velocità lontano dal fatiscente hotel in cui Samael, senza dubbio, lo aveva depositato la notte precedente, attraverso la villa, la dimora magica in continua trasformazione che condivideva con i suoi fratelli arcangeli, per poi lasciarlo dall'altra parte in un angolo buio.

Michele attraversò una seconda porta e si ritrovò in un vicolo a New York. Dal modo in cui le ombre giocavano sul terreno, immaginò che dovessero essere più o meno le sei o le sette di pomeriggio. Il sole sarebbe tramontato entro poche ore.

E lui aveva del lavoro da sbrigare.

Decise di testare l'efficacia del proprio piano su una bottiglia di birra abbandonata, muovendo la mano nella sua direzione. La bottiglia rotolò leggermente quando la magia la raggiunse, un attimo prima di trasformarsi in oro puro.

Il sorriso di Michele si allargò, e i suoi occhi si infiammarono. Non soltanto possedeva i poteri di un vampiro e di un Incubo, ma tutte le sue abilità da arcangelo erano intatte. Tranne quella di curare, ovviamente. Perché Sam non intendeva rendergli la vita facile di proposito.

Michele scrollò le spalle a quell'idea, raccolse la pesante bottiglia d'oro e ritornò alla porta da cui era venuto, che in quell'occasione era l'uscita posteriore di un ristorante. Fece un gesto con la mano, trasformandola di nuovo in un portale. Era così che gli arcangeli si spostavano da un luogo all'altro in un batter d'occhio. Serviva loro soltanto una porta, di qualsiasi genere, e la villa avrebbe fatto il resto, catapultandoli attraverso il tempo e lo spazio verso le destinazioni desiderate, con l'unica condizione che anche dall'altra parte ci fosse una porta.

Michele oltrepassò il portale. Aveva molte cose da fare. Doveva vendere alcune cose e acquistarne delle altre.

Da qualche parte, in quella città che aveva imparato a conoscere così bene, c'era una cherubina con una folta chioma rossa e carnose labbra rosa che aspettava soltanto che lui arrivasse e le rendesse la vita più interessante.

La risata, bassa e peccaminosa, che lo seguiva mentre si spostava attraverso il portale verso la sua destinazione, stavolta era la sua.

Il romance nel catalogo One

One Love

On Fire di Sylvia Day
Attrazione profonda di Maya Banks
On Desire di Sylvia Day
Luci d'inverno di Nora Roberts
Beautiful Bitch di Christina Lauren
Il gioco dei sensi di Shiloh Walker
Heaven, Texas, un posto nel tuo cuore di Susan Elizabeth Phillips
Il bacio cremisi di Lara Adrian
Quattro cuori e un matrimonio di Stephanie Bond
Gioco pericoloso di Karin Tabke
Segreti di una notte d'estate di Lisa Kleypas
Un amore su misura di Sugar Jamison
E se fosse lui quello giusto? di Susan Elizabeth Phillips
Beautiful Bombshell di Christina Lauren
Intime promesse di Sherry Thomas
Temptation di Jennifer Crusie
Segreto inconfessabile di Shayla Black
Il giardino dei nuovi inizi di Nora Roberts
Amanti pericolosi di Lisa Marie Rice
Le coincidenze dell'amore di Colleen Hoover
Lezioni di seduzione di Emma Wildes
Il paradiso non può attendere di Pamela Clare
Il legame del drago di Thea Harrison
Sogno inconfessabile di Shayla Black
Beautiful Bastard di Christina Lauren
Corinna. La regina dei mari di Kathleen McGregor
Un piccolo sogno di Susan Elizabeth Phillips
La casa dei grandi incontri di Nora Roberts
Brivido inconfessabile di Shayla Black
La sposa in bianco di Nora Roberts
Innamorarsi a Manhattan di Kate Parker
Segreti pericolosi di Lisa Marie Rice
Roma 40 d.C. Destino d'amore di Adele Vieri Castellano
Accadde in autunno di Lisa Kleypas
Rossa d'Irlanda di Theresa Melville

Tentazioni deliziose di Sherry Thomas
Rischio letale di Pamela Clare
Le sintonie dell'amore di Colleen Hoover
Il lago dei desideri di Susan Elizabeth Phillips
L'ora della verità di Maya Banks
Il cuore della tempesta di Thea Harrison
Passione pericolosa di Lisa Marie Rice
Letto di rose di Nora Roberts
Ladra di cioccolato di Laura Florand
Una promessa d'amore di Mary Balogh
Beautiful Stranger di Christina Lauren
Ménage proibito di Lora Leigh
La meraviglia delle piccole cose di Dawn French
Scandalo in primavera di Lisa Kleypas
Proposta indecente di Emma Wildes
Colpevole d'amare di J.R. Ward
Pazza di te di Jennifer Crusie
Beautiful Beginning di Christina Lauren
Lady Cupido di Susan Elizabeth Phillips
Angeli ribelli di Sylvia Day
Il sapore della felicità di Nora Roberts
Angel Fall – L'angelo caduto di Susan Ee
Una dolce scoperta di Nora Roberts
L'angelo eterno di Heather Killough-Walden
La sposa spagnola di Kathleen McGregor

Dal catalogo Leggereditore

Estasi infinita di Maya Banks
Appuntamento con l'amore di Jules Stanbridge
Il gioco dell'inganno di Adele Vieri Castellano
Le coincidenze dell'amore di Colleen Hoover
Il mistero del lago di Nora Roberts
Due vite in gioco di Nora Roberts
Il lago dei desideri di Susan Elizabeth Phillips
Beautiful Bastard di Christina Lauren
La sfida del cuore di J.R. Ward
Passione inconfessabile di Shayla Black
Un regalo d'amore di Lisa Kleypas
Una promessa d'amore di Mary Balogh
You & Me di Valentina F.
Il frutto proibito di S.C. Stephens
Piacere colpevole di Lora Leigh
Peccati d'inverno di Lisa Kleypas
Lothaire di Kresley Cole
L'ora della verità di Maya Banks
Seduzione deliziosa di Tara Sivec
La signora della passione di Lara Adrian
Il fuoco della notte di Larissa Ione
Piacere estremo di Georgia Cates
Rischio letale di Pamela Clare
Scandalo in primavera di Lisa Kleypas
Beautiful Stranger di Christina Lauren
Piacere pericoloso di Lora Leigh
Lady Cupido di Susan Elizabeth Phillips
L'eroe dimenticato di Suzanne Brockmann
Il richiamo dell'ombra di Kresley Cole
Tutti pazzi per Gaia di Stefania Nascimbeni
Nove regole da ignorare per farlo innamorare di Sarah MacLean
L'amore è come un film di Victoria Van Tiem
Brivido inconfessabile di Shayla Black
Prigioniera del tuo amore di J.C. Reed
L'irlandese di Kathleen McGregor
Nessuna via di fuga di Maya Banks
Un amore pericoloso di Nora Roberts

L'amore che viene di Lisa Kleypas
Sogno impossibile di Georgia Cates
Le sintonie dell'amore di Colleen Hoover
L'eroe ribelle di Suzanne Brockmann
Il gioco perfetto di Jaci Burton
Intrigo delizioso di Tara Sivec
La signora del coraggio di Lara Adrian
MacRieve di Kresley Cole
Angeli ribelli di Sylvia Day
Seduttore dalla nascita di Susan Elizabeth Phillips
Brucio d'amore di Darynda Jones
Dieci cose da seguire per non farselo sfuggire di Sarah MacLean
Magia di un amore di Lisa Kleypas
Il conte di Glencrae di Stephanie Laurens
La prova d'amore di S.C. Stephens
Il regalo più grande di Jenny Hale
Obiettivo pericoloso di Pamela Clare
Le parole infinite di Nora Roberts
Il desiderio della notte di Lara Adrian
Beautiful Player di Christina Lauren
Il canto del deserto di Adele Vieri Castellano
Ghiaccio nero di Anne Stuart
Odio quindi amo di Susan Elizabeth Phillips
Felicità perduta di Georgia Cates
Undici sfide da affrontare per domare il suo cuore di Sarah MacLean
Sublime di Christina Lauren
Forse un giorno di Colleen Hoover
Cuori selvaggi di Sylvia Day
Stregata dalla notte di Larissa Ione
Gioco senza regole di Jaci Burton
La ragazza dagli occhi scuri di Lisa Kleypas
Nascosti nell'ombra di Maya Banks
Il professionista di Kresley Cole
Dolce & selvaggio di Christina Lauren
La fuga di L. Adrian e T. Folsom
Amore inconfessabile di Shayla Black
Freddo come il ghiaccio di Anne Stuart
Amami per come sono di Jenny Hale
Dark Skye di Kresley Cole
I segreti della casa sul mare di Nora Roberts
La forza dell'angelo di Heather Killough-Walden

Finito di stampare nel luglio 2015 presso
GESP s.r.l. – Città di Castello (PG)
Printed in Italy